Happy Hour à Mossoul

Du même auteur

Hallelujah bordel ! : Le livre, Éd. Le Passeur, 2013

Jérémy Ferrari

Happy Hour à Mossoul

Illustrations de Patrick Borkowski

Toutes les sources ayant servi à écrire ce livre sont disponibles sur :
www.jeremyferrari.fr/happyhour

Direction éditoriale : Denis Bouchain, Margaux Mersié

Fabrication : Christian Toanen, Nikola Savic

Conception et réalisation : Nord Compo

118, avenue Achille-Peretti – CS 70024
92521 Neuilly-sur-Seine Cedex

www.michel-lafon.com

Sommaire

Avant-propos

Cher lecteur, mon éditeur pensait, comme de coutume, qu'il serait bon que je rédige un avant-propos pour cet ouvrage. Mais comme je n'étais pas inspiré et que je venais justement de terminer un livre où j'avais trouvé l'avant-propos vachement bien, je vous l'ai mis.*

Ma première rencontre avec le hibou des marais eut lieu le 7 octobre 1989. Elle changea ma vie. J'avais 11 ans, et je ne pouvais imaginer alors que la nature ait doté un animal d'une si parfaite esthétique. Tout chez ce rapace me faisait frissonner : son cri dissuasif qui n'inspire néanmoins aucune peur, son plumage hors norme, ses grands yeux... Il me fallait tout savoir, tout apprendre de lui : *Asio flammeus* était entré dans ma vie ! Sans le savoir, j'avais ce jour-là attrapé le virus de l'éthologie.

Quelques années plus tard, je me lançai dans un master en exploitation durable des écosystèmes littoraux puis rédigeai une thèse ayant pour sujet la « comparaison du

* Denis Mersié, *Asio flammeus, le hibou des marais*, Éditions Bibliothèque ornithologique de France, 1997.

comportement de vol et d'approvisionnement chez quatre sous-espèces d'*Asio flammeus* ».

J'entrai ensuite comme éthologue au Muséum national d'histoire naturelle. C'est là, au détour d'une conversation avec un collègue ornithologue du département, que nous fîmes le constat suivant : il n'existait aucun ouvrage de référence sur le hibou des marais…

L'idée du livre était née. Trois années plus tard, vous le tenez entre vos mains. C'est une grande fierté pour moi de faire découvrir mon strigidé aux mœurs crépusculaires au plus grand nombre. Cet oiseau si majestueux, qui a colonisé le monde, en déployant ses grandes ailes des cols de montagnes aux pays du Sud, ce rapace qui hiverne, ce hibou partageur, qui prête volontiers son habitat à son cousin le moyen-duc, ce compagnon de route à la fois commun et unique, je vous le présente aujourd'hui.

J'espère que vous aurez autant de plaisir à lire les quelque 240 pages de cet ouvrage que j'en ai eu à les écrire.

Naturellement vôtre,

Denis Mersié

JE M'VOYAIS DÉJÀ...

Première Guerre mondiale : la Grande Guerre !

Bon, résumons rapidement… En 1870, c'est Napoléon III au pouvoir. Il est là parce qu'il s'est fait élire sur son nom. C'est un genre de « fils de », quoi. Comme Aurélie Cabrel, Anthony Delon, Nicolas Bedos, Thierry Hitler. Des gens, on s'est dit : « Ah ! comme ils ont le même nom, peut-être que… » Et puis en fait, non…

Donc, Napoléon III va attaquer la Prusse, on sait même pas pourquoi. Y a une raison, mais c'était tellement nul… que j'ai décidé de ne pas en parler. Donc, bref, la guerre contre la Prusse est déclarée, et les Prussiens nous mettent une fessée. En six mois ils arrivent jusqu'à Paris. Vous avez sûrement tous vu ces portraits de Prussiens devant la tour Eiffel. Vous avez forcément vu ça au musée ou dans les livres d'histoire ? Bah non ! Elle était pas construite, la tour Eiffel. Putain, on démarre vraiment bas avec vous !

Donc là, ils arrivent à Paris, ils sont OK pour pas nous occuper, mais en échange ils veulent l'Alsace et la Lorraine. Ça peut paraître bizarre d'échanger la France contre l'Alsace et la Lorraine, mais c'est parce qu'en fait ils adorent le parc zoologique et botanique de Mulhouse.

Donc là, ils repartent avec l'Alsace et la Lorraine, et nous on est super deg pendant quarante ans. Arrive la Première Guerre mondiale, et entre-temps y a quand même eu un évènement majeur : bah, on a construit la tour Eiffel !

Quarante ans plus tard, donc, y a l'archiduc héritier du trône d'Autriche-Hongrie qui se fait assassiner à Sarajevo. Là, l'Autriche est un peu véner et veut défoncer la Serbie. Du coup, les Russes qui sont copains avec les Serbes sont un peu véner contre l'Autriche. Alors du coup, les Allemands qui sont un peu copains avec l'Autriche sont un peu véner contre les Russes. Comme on est copains avec les Russes, on est un peu véner contre les Allemands. D'autant que je vous rappelle que ces enculés profitent de notre parc botanique de Mulhouse depuis quarante ans, donc on commence à avoir un petit peu les boules vanille qui crient pistache (c'est une expression que j'ai créée et que j'assume, et je me fous totalement de votre jugement. Si toutefois vous souhaitiez l'utiliser dans votre quotidien, sachez qu'elle fonctionne avec n'importe quel parfum et est donc adaptable à vos goûts).
Donc là, l'Allemagne, elle est véner parce qu'elle est en sandwich entre la Russie et la France qui sont véner. Du coup, l'Allemagne décide d'attaquer la France en passant par la Belgique, et c'est pas une très bonne idée puisque les Anglais qui sont copains avec la Belgique, du coup, sont hyper véner ! Donc, vous l'avez compris, à ce moment-là, tout le monde est un petit peu véner. D'où l'expression « tout le monde est un peu véner ». Alors attention, les Anglais ne protègent pas la Belgique pour la sauvegarde de la

fricadelle. C'est surtout parce que la Belgique, ça donne un accès direct à l'Angleterre par la mer du Nord…

Donc les Allemands percent le front français, ils arrivent jusqu'à la Marne, et là ils sont bloqués à cause de… la Marne. Ils aiment pas trop l'eau, les Allemands.

Du coup, les Français arrivent, consolident leurs troupes, et là on creuse des tranchées sur 750 kilomètres. C'est une bonne idée, vu que comme on va y rester trois ans autant avoir un peu de place, et dans la Marne le prix au mètre carré n'est pas très cher.

Pour finir, comme d'habitude, les Américains vont encore venir nous sauver, même si à l'époque c'était pas une habitude, vu que c'était la première fois… mais comme vous êtes en train de le lire en ce moment, on peut quand même dire que c'est une habitude, alors arrêtez de m'emmerder avec des détails. La prochaine fois vous n'avez qu'à l'écrire vous-mêmes ce livre !

Petit coup de chapeau au général Nivelle qui sera le grand gagnant de cette guerre tous camps confondus en ayant réussi, par sa force de stratégie, sa discrétion, sa patience et son talent naturel, à envoyer à la mort plus de 350000 soldats en moins de deux mois, ce qui lui vaudra le surnom non pas officieux mais officiel de «boucher», et non pas le grossier «sale bâtard de sa mère» comme on a voulu nous le faire croire.

✱ ANECDOTE

LA MODE N'ATTEND PAS !

En 1914, les soldats français n'ont rien d'autre à faire que de geindre à propos des couleurs de leur uniforme ! « C'est trop visible, les couleurs vives ça nous camoufle pas. C'est dangereux

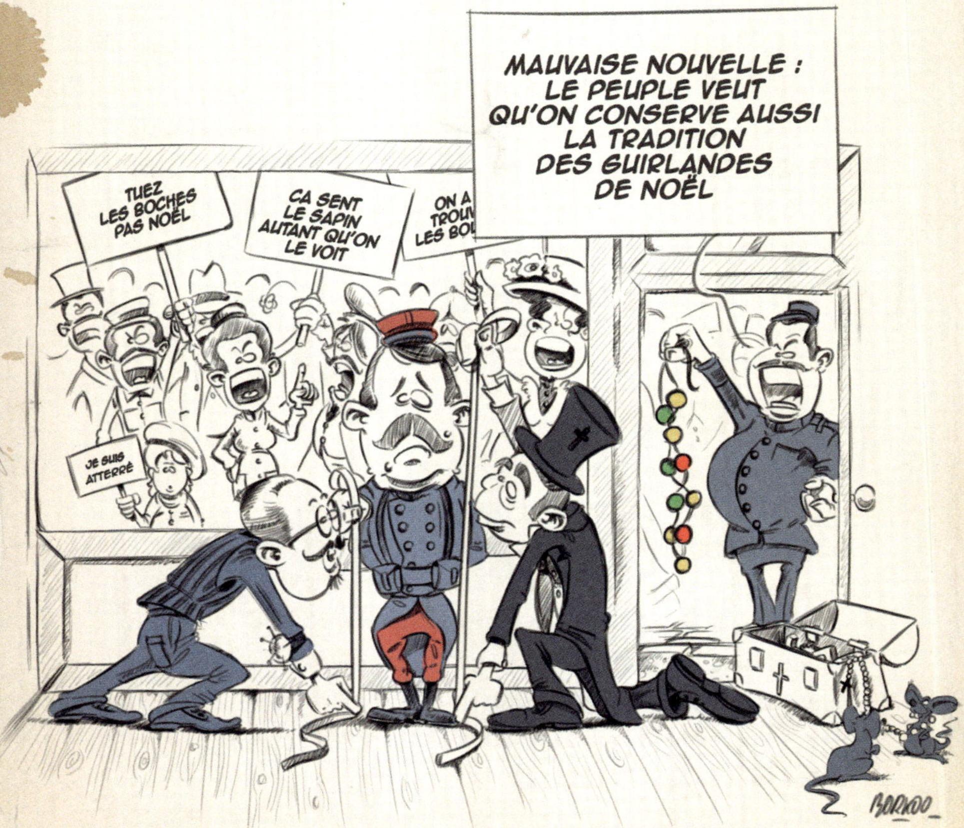

sur un champ de bataille, on veut des uniformes plus sombres, on veut des uniformes plus sombres. » Gnagnagna... Mais *what the fuck*, les mecs ? La guerre, c'est pas assez triste comme ça pour en plus y aller habillés comme pour un enterrement ?

Heureusement, l'opinion publique est un peu plus fun, et a répondu à nos soldats : « Non ! » La France, c'est bleu blanc rouge ! Déjà que les tirailleurs sénégalais nous gâchent le blanc (heureusement qu'en étant en première ligne ils se rattrapent vite sur le rouge). On va pas en plus abandonner le pantalon rouge et la veste bleue !

À chaque nouvelle tentative de ces ringards de l'état-major pour modifier l'uniforme, le peuple fait face et la presse soutient : « La foule parisienne ne reconnaît pas ses alertes fantassins : on dirait des étrangers. Les couleurs ne sont pas celles de l'armée française. »

Dieu merci, le bon goût finira par l'emporter !

Alors que ces tocards de soldats allemands débarquent mollement dans leurs uniformes gris-vert fadasses, tristes à en pleurer, les Français, eux, imposent immédiatement leur style sur le champ de bataille !

Regard fier, menton haut et buste gonflé de certitudes.

Pantalon garance (rouge vif), capote bleu ciel et petit képi bleu et rouge pour un subtil rappel de l'ensemble. Et sur le visage, le petit sourire du mec qui sait qu'il en impose...

Ne voyez pas chez moi le moindre chauvinisme, mais il faut dire ce qui est : sur la ligne de front, on ne voit qu'eux !... Les soldats allemands eux-mêmes l'ont avoué : « *Man kann sie nicht verpassen !* » (On peut pas les louper !)

La preuve : 40 % de l'armée française sera décimée dans les cinq premiers mois. À part chez Michel Drucker, on aura rarement vu des morts aussi classe…

Adolf : la déception !

(Source : Mein Kampf, chapitre « Révolution »)

Cet été, alors que je relisais *Mein Kampf* à l'ombre d'un magnifique conifère de la Forêt-Noire en grignotant quelques bretzels, je suis retombé sur cette anecdote intrigante, qui ne m'avait pourtant pas sauté aux yeux à la première lecture.

- Mein Kampf -

« Je revins en trébuchant et chancelant vers l'arrière, les yeux en feu […]. Quelques heures plus tard, mes yeux se changèrent en charbons ardents et les ténèbres se firent autour de moi. […] Dans les derniers temps, je me sentis un peu mieux. Ma douleur perçante dans les orbites cessa ; lentement je pus commencer à distinguer sous des contours grossiers ce qui m'entourait. Je pus me bercer de l'espoir de recouvrer la vue, tout au moins suffisamment pour pouvoir exercer plus tard un métier. À la vérité, je ne pouvais plus espérer être jamais en état de dessiner. Toujours est-il que je me trouvais ainsi en voie d'amélioration, lorsque l'affreuse chose arriva. […] Maintenant la guerre était perdue et nous devions nous en remettre à la grâce du vainqueur ; il fallait accepter l'armistice avec la confiance dans la magnanimité du vainqueur, alors je ne pus y tenir. Il me fut impossible d'en entendre davantage. Brusquement, la nuit envahit mes yeux, et en tâtonnant et trébuchant je revins au dortoir où je me jetai sur mon lit et enfouis ma tête brûlante sous la couverture et l'oreiller. Depuis le jour où je m'étais trouvé sur la tombe de ma mère, je n'avais plus jamais pleuré. »

42

Voilà, je vous l'ai traduit comme j'ai pu, mes excuses aux puristes, mon allemand n'est pas encore parfait.

Hitler a souvent été accusé de mentir dans Mein Kampf, d'avoir quelque peu détourné la vérité au profit de versions plus à son avantage. Étant moi-même un ami proche de sa famille et de ses descendants, j'ai pu avoir confirmation qu'il ne racontait pas toujours les évènements tels qu'ils s'étaient réellement passés. Alors qu'en est-il de cette histoire de perte de vue ? Il se trouve qu'à l'occasion d'une lecture publique du

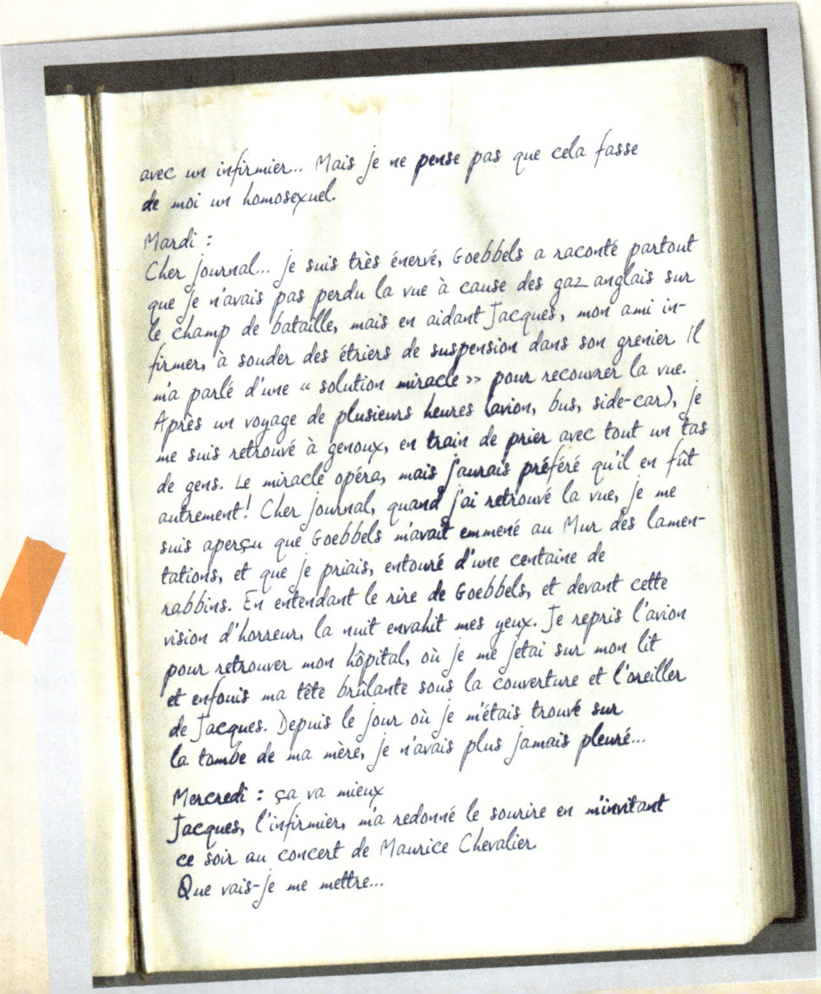

avec un infirmier... Mais je ne pense pas que cela fasse de moi un homosexuel.

Mardi :
Cher journal... je suis très énervé, Goebbels a raconté partout que je n'avais pas perdu la vue à cause des gaz anglais sur le champ de bataille, mais en aidant Jacques, mon ami infirmer, à souder des étriers de suspension dans son grenier. Il m'a parlé d'une « solution miracle » pour recouvrer la vue. Après un voyage de plusieurs heures (avion, bus, side-car), je me suis retrouvé à genoux, en train de prier avec tout un tas de gens. Le miracle opéra, mais j'aurais préféré qu'il en fût autrement ! Cher journal, quand j'ai retrouvé la vue, je me suis aperçu que Goebbels m'avait emmené au Mur des lamentations, et que je priais, entouré d'une centaine de rabbins. En entendant le rire de Goebbels, et devant cette vision d'horreur, la nuit envahit mes yeux. Je repris l'avion pour retrouver mon hôpital, où je me jetai sur mon lit et enfouis ma tête brûlante sous la couverture et l'oreiller de Jacques. Depuis le jour où je m'étais trouvé sur la tombe de ma mère, je n'avais plus jamais pleuré...

Mercredi : ça va mieux
Jacques, l'infirmier, m'a redonné le sourire en m'invitant ce soir au concert de Maurice Chevalier
Que vais-je me mettre...

journal intime d'Hitler à laquelle j'étais invité pour le Nouvel An du Nationaldemokratische Partei Deutschlands, j'ai pu avoir la réponse à mes questions. Profitant d'un moment d'inattention de l'assemblée qui s'était lancée dans la reconstitution grandeur nature de la rafle du Vél d'Hiv, brillamment mise en scène par Bousquet avec l'amicale collaboration de François Mitterrand (cette vanne nécessite un peu de culture générale, je vous incite donc à vous remettre en question si vous n'avez pas ri), j'ai donc pu m'approcher de cet incroyable journal intime et m'apercevoir que, comme je m'en doutais, la version de *Mein Kampf* était très différente de la vérité ! Voici donc, rien que pour vous, la page du journal intime du Führer racontant la version authentique de cette histoire que j'ai eu la chance de pouvoir photographier...

TRÊVES DE NOËL, DE PÂQUES ET MATCHS DE FOOT !

Cher lecteur, j'ai étudié pendant plus de trois ans la géopolitique et plus précisément la guerre, au sens large. J'ai survolé l'ensemble des conflits mondiaux depuis que l'homme a eu l'idée de se battre jusqu'à nos jours où cette idée continue brillamment d'être mise en pratique.
Cette laborieuse exploration m'a appris une chose : si la violence, la haine et l'ingéniosité de l'homme pour se détruire sont terrifiantes, la solidarité, le sacrifice et l'amour dont il est capable envers son prochain sont sans limites.
J'ai appris que l'amour est capable de naître n'importe où L'amour n'a besoin d'aucune lumière pour exister. Il peut germer dans n'importe quelle terre, même celle d'une tranchée gorgée de sang... Même dans celle d'un no man's land jonché de cadavres et pétri de rage.
Si la haine se fatigue, si la colère s'effrite, si la violence plie, la fraternité, elle, ne se lasse jamais.
Lors de la Première Guerre mondiale, on a pu voir se multiplier des « trêves de Noël » non officielles décidées par les soldats eux-mêmes, mais aussi des trêves de Pâques et des matchs de football ! Les soldats ennemis allaient jusqu'à chanter ensemble, s'offrir des cadeaux et même protéger leurs adversaires de leurs propres bombardements en les invitant dans leurs tranchées.
Pour illustrer ce phénomène aussi puissant que symboliquement grandiose, j'ai imaginé une lettre que le général Pétain, en étant témoin de la situation, aurait pu écrire à son homologue allemand le général Ludendorff.
Cet exercice m'a permis de déployer mon talent d'imagination un peu bridé dans cet ouvrage formaté pour vous (les gens simples). Et surtout, inventer ce courrier m'a permis de salir

vigoureusement tout cet amour dégueulasse qui déborde et me donne envie de gerber. Bonne lecture à vous !

Jérémy

P.-S. : Le général Ludendorff a fini par arrêter la guerre et la politique en 1928 pour monter sa propre religion inspirée de sorcellerie et de polythéisme. Je n'ajoute pas de vannes à cette information qui me semble être déjà à se pisser dessus.

Monsieur l'Officier d'état-major Ludendorff,
Monsieur le Général,
Cher collègue,

Je me permets de vous écrire cette lettre, car je suis témoin depuis plusieurs semaines maintenant d'un phénomène que je pensais alors impensable en temps de guerre. Certes, nous savions déjà que les troupes s'accordaient sans notre consentement des petites vacances pendant les fêtes et nous fermions les yeux, conscients que ce serait inévitable en forçant des postiers à devenir soldats.
Mais il y a plus grave !
En effet, après vérification de plusieurs « sources », analyse d'un certain nombre de témoignages et après m'être rendu personnellement sur le terrain pour constater, je suis dans l'obligation de vous annoncer avec tristesse que nos troupes respectives sont devenues potes.
Il semblerait qu'après une première trêve de Noël autoproclamée, nos soldats se soient offert des cadeaux et auraient même organisé un match de football entre les tranchées. Je vous annonce d'ailleurs avec regret que vous avez été battus 3-2 par les Anglais.

Plus inquiétant : au moment où je vous parle, des soldats de votre Deutsches Heer sont en train de cacher «des petits œufs en chocolat» dans leurs tranchées pour les faire chercher dès demain matin par l'infanterie française à l'occasion de Pâques.
Quant à mes troupes, j'ai ouï dire qu'elles confectionneraient en ce moment même un «déguisement de gros lapin ».
Je ne sais pas quel sera votre sentiment, mais il me semble, pour ma part, que nous nous éloignons chaque jour un peu plus du concept de «guerre».
Pour faire court, cher collègue Général, ils sont quand même à deux doigts de se rouler des pelles. Si nous n'agissons pas rapidement, je crains que notre honorable ligne de front ne se transforme en une gigantesque partouze digne d'un club gay Marmara à Marrakech au mois de juillet.
La situation est plus que préoccupante. Apprenez qu'en me voyant arriver sur place, nos «combattants» se sont tout simplement mis à «jouer à la guerre». Convaincus que cette mascarade (digne d'un spectacle de fin d'année des Cours Florent) pourrait me convaincre...
L'un de vos mitrailleurs du nom de Otto a même poussé l'affront jusqu'à faire les bruits de balles avec sa bouche : «Tatatatatata, Tatatatatata.» Tremblant en même temps comme s'il était emporté par la vibration de la machine qui n'était même pas chargée...
En face, je n'en suis pas plus fier, nos braves soldats bleu et rouge faisaient semblant de monter au front et de tomber sous les balles, mais leurs rires et pouffements contenus les ont malheureusement trahis.

Pire : en inspectant les tranchées, j'ai trouvé une «Invitation VIP pour feu d'artifice» que mes soldats s'apprêtaient à envoyer aux vôtres. Au vu de la date et de l'heure, il semblerait que ce «feu d'artifice» soit tout bonnement une invitation à regarder ensemble dans mes tranchées le bombardement que j'avais prévu sur les vôtres demain soir...

Vous l'aurez compris, il faut que cela cesse ! Je suggère d'ailleurs de prendre des mesures le plus rapidement possible, car dans quelques jours arrive la fête d'Halloween... Je pense que vous pouvez aisément imaginer ce qui pourrait en découler si nous n'agissons pas.

Je n'ai pas très envie de voir mes poilus déguisés en Dracula et en Casper épargner vos troupes en criant : «Des bonbons ou la vie !»

Veuillez constater, monsieur l'Officier, l'urgence de la situation. C'est ainsi que je vous demande officiellement, monsieur le Général, de remotiver vos troupes à tuer les miennes et je ferai de même de mon côté.

Au plaisir de vous rencontrer un jour,
peut-être lors de la Seconde Guerre mondiale
au cours de laquelle il est très probable que je perde mes couilles à mon tour et que je sympathise copieusement avec votre nation... mais j'ai cru comprendre que vous auriez également de votre côté des projets plus «ésotériques».

Portez-vous bien d'ici là,

Gros bisous
Philou

VOUS VOYEZ, JE NE VOUS AVAIS PAS MENTI !
C'EST TENTANT QUAND MÊME...
BORDO

Les accords Sykes « picotent » ! 14-18 : naissance du conflit israélo-palestinien

Le conflit israélo-palestinien étant rarement un sujet qui génère joie et bonne humeur dans une soirée amicale ou familiale, Jérémy Ferrari vous propose de découvrir la naissance de ce conflit (oui, je parle de moi à la troisième personne) à travers une saynète théâtrale en un acte à interpréter entre ami(e)s.

Descriptions des personnages et indications de jeu

Le Juif – SPF (sans pays fixe) perpétuellement persécuté et chassé où qu'il aille, le Juif manque clairement de confiance en lui. Voix hésitante, il est en recherche de reconnaissance affective et intellectuelle. Il est ami avec l'Anglais et le Français, tout du moins c'est ce qu'il croit !

L'Arabe – D'un naturel méfiant, il ne sait pas pourquoi ni comment, mais il sent qu'on va la lui faire à l'envers. Cependant, il dissimule habilement ses faiblesses derrière une apparence sûre d'elle et une voix forte et posée.

L'Anglais – Personnage distingué et fourbe, il cache sa personnalité machiavélique derrière un accent *british* fort prononcé qui lui donne un aspect convivial.

Le Français – Personnage sobre et sûr de lui, mesquin et opportuniste, il cache ces aspects de sa personnalité derrière un accent parisien pas convivial qui lui donne l'air encore plus mesquin et opportuniste.

La reine d'Angleterre – Vieille dame sourde, sénile, agressive et nymphomane.

Le narrateur – Le relou qui ne veut pas participer à cette saynète rigolote que Jérémy Ferrari a eu envie d'écrire pour mettre un peu de joie dans votre misérable vie.

La pute – La fille de votre assemblée ayant eu le plus de partenaires sexuels…

Prologue

Le narrateur – Première Guerre mondiale : l'Empire ottoman subit depuis pas mal de temps la pression de l'Occident qui, jaloux du bonheur de l'Empire, aurait déclaré pour les Français : « Y en a marre de ces putains de bougnoules de merde, putain, meeerde ! », pour les Anglais (en yaourt) : « *Oh shit the fucking bougnouls !* » et pour les Italiens : « *Lasciatemi cantaaaaareeeeee !* »

L'Empire ottoman s'allie donc à l'Allemagne pour pouvoir botter le cul de l'Occident, enfin « sandaler le cul de l'Occident » car à l'époque il n'y avait pas vraiment de bottes. Les Anglais et les Français vont donc essayer de convaincre le peuple arabe et le peuple juif de s'associer à eux pour combattre l'Empire ottoman.

(Vous aurez remarqué que j'ai respecté le code théâtral qui veut qu'au début de l'histoire on ne comprenne pas l'histoire.)

Le rideau s'ouvre.

Acte i scène 1

L'accord secret : le difficile partage de la péninsule arabique !

Dans une chambre d'hôtel parisienne, l'Anglais, le Français, la pute. Une table sur laquelle une grande carte est étalée, l'Anglais et le Français réfléchissent.

La pute – Ehhhhh !

L'Anglais (désignant la moitié de la péninsule arabique) – Moi, je prends ça !

Le Français (désignant l'autre moitié) – Moi, je prends ça !

L'Anglais – OK ?

Le Français – OK !

La pute – Ehhhhh !

Acte I scène 2

Le plan machiavélique

Dans une chambre d'hôtel parisienne, l'Anglais, le Français, la pute.

La pute – Ehhhhh !
Le Français – Donc, on est d'accord, tu vas voir les Arabes, et tu leur promets toute la péninsule arabique s'ils acceptent de se battre avec nous…
L'Anglais – *All right!*
La pute – Ehhhhh !
Le Français – Ensuite tu vas voir les Juifs, et tu leur promets un État juif en Palestine dans la péninsule arabique, qu'on avait promise d'abord aux Arabes s'ils nous soutiennent dans la guerre…
L'Anglais – *All right!*
La pute – Ehhhhh !

Acte I scène 3

Mais la reine ?

Dans une chambre d'hôtel parisienne, l'Anglais, le Français, la pute (et la reine d'Angleterre, d'abord en coulisses).

La pute – Ehhhhhh !
L'Anglais et le Français (énervés) – Mais quoi ?
La pute – La vieille avec le gode ceinture, c'est non ! Moi, je ne fais pas ça !

La reine d'Angleterre entre en scène, très énervée, avec pour tout vêtement un gode ceinture. Elle s'adresse à l'Anglais.

La reine d'Angleterre (très énervée) – Vous allez promettre le même chose aux deux peuples au même endroit ?
L'Anglais – *Yes, my queen.*
La reine d'Angleterre (d'abord très énervée puis super super contente) – *All right!* Nous allons gagner le guerre !

La reine d'Angleterre se met à courir après la pute, elles sortent.

La reine d'Angleterre – Viens voir le Big Ben de mamie !
La pute – Ehhhhh !

VIENS GOÛTER MON BLOODY MARY !!
AUTREMENT... J'AI CETTE PETITE POMMADE AUX HERBES ET AU GRAS DE PORC POUR LES HÉMORROÏDES...

Acte I scène 4

Un Anglais chez les Arabes

L'Anglais – Si vous nous aidez à gagner le guerre, on vous libère de l'Empire ottoman, et on vous donne la péninsule arabique !

L'Arabe – Même la Palestine ?

L'Anglais – Même la Palestine.

L'Arabe – 100 % que à nous ? Un État sans frontières, indépendant ?

L'Anglais – 100 % !

L'Arabe – Vraiment 100% ? Dis *Yallah* ?

L'Anglais – *Yallah !*

L'Arabe – Sur la tête de Cheb Mami ?

L'Anglais – Sur la tête de Cheb Mami !

L'Arabe – D'accord, si je mens, je vais à un concert de Faudel ?

L'Anglais – Ohhh ça va maintenant ! J'ai dit oui, j'ai dit oui !

Acte I scène 5

Un Anglais chez les Juifs

L'Anglais, le Juif.

L'Anglais – Si vous nous aidez à gagner le guerre, nous vous ferons un grand État juif en Palestine !

Le Juif – 100 % que à nous, indépendant ?

L'Anglais – 100 % !

Le Juif – *Shabbat Shalom ?*

L'Anglais – *Shabbat Shalom !*

Le Juif – *Shabbat Shabit ?*

L'Anglais – *Shabbat Shabit !*

Le Juif – Sur la tête d'Hanouna ?

L'Anglais – Sur la tête d'Hanouna !

Le Juif – Si je mens, je vais à un concert d'Enrico Macias ?

L'Anglais – Si je mens, je vais à un concert de... Oh ça va maintenant ! J'ai dit oui, j'ai dit oui !

Acte I scène 6

Le dénouement

Le narrateur, l'Anglais, le Français, le Juif, l'Arabe (la reine d'Angleterre et la pute en coulisses).

Le narrateur – Donc qu'est-ce que vont faire les Anglais et les Français ? Ils vont pas faire du tout un État israélien indépendant, ils vont faire un petit foyer juif au sein de la Palestine, tout pourri tout nul, et ils vont pas du tout faire un grand État arabe sans frontières, ils vont faire l'inverse, ils vont faire plein de frontières partout et puis ils vont s'approprier les territoires 50/50 comme on a vu. Donc là, les Juifs et les Arabes, ils sont pas contents…
Le Juif – On n'est pas contents, là !
L'Arabe – Non, on n'est pas contents !
Le Juif – Vous nous aviez promis un État !
L'Anglais – Bah, c'est un État.
Le Français – Bah oui, c'est un État !
Le Juif – Non ! C'est un petit truc de merde, y a deux tentes et un réchaud !
L'Arabe – T'as dit : « On t'aide à faire la guerre, tu donnes un grand territoire. » On a fait la guerre, il est où le territoire ?
L'Anglais (agacé) – Oh eh, je sais pas qui vous a promis ça, ça devait être un stagiaire qu'on n'a pas gardé…

Le Français (gêné, à l'Anglais) – Faudrait payer la pute…
L'Arabe – Même la Palestine, tu l'as donnée aux Juifs.
Le Juif – Oh, ils nous ont rien donné du tout, on n'a même pas de mairie. On peut construire une synagogue ?
Le Français – Oh, vous nous emmerdez, les Hanouka, les Ralala, ça va, là… Allez, vous dégagez, les deux ! Toi tu vas ouvrir une bijouterie, toi un bar à chicha et vous arrêtez de nous casser les couilles !
Le Juif – Mais on avait tapé dans la main…
L'Anglais – File !
Le narrateur – Vous la sentez venir, la merde du conflit israélo-palestinien ? Les politiciens ont un peu oublié : « Dis donc, comment ça a commencé, le conflit israélo-palestinien ? » « Oh là là ! Je sais plus, c'est vieux. » « Mais on a quelque chose à voir là-dedans, nous la France ? »
« Oh c'est compliqué, c'est eux, tu sais. Les Arabes et les Juifs ont toujours été un peu… »
La pute – Ehhhhh !

La reine d'Angleterre et la pute entrent collées tête à cul.

La reine d'Angleterre et la pute – On est coincées !

SALUT COLLECTIF
NOIR

Héros de guerre

Cher Ami, tu es une raclure !

J'étais naïvement convaincu que les animaux étaient les seuls êtres dignes de vivre sur cette magnifique planète. Je les croyais incapables de violence gratuite, dénués de haine et de sadisme. C'était avant de découvrir la vie de Cher Ami, un pigeon légendaire, considéré comme « héroïque ».

Ce pigeon voyageur participa activement à la Première Guerre mondiale en transportant plus de douze messages importants qui eurent un impact non négligeable sur la victoire de plusieurs opérations contre les troupes allemandes.

Même si je déteste les « patriotes » et que leurs discours chauvins et belliqueux suscitent en moi une envie incontrôlable de leur insérer des perce-oreilles dans les canaux lacrymaux pour les faire souffrir sans qu'ils puissent pleurer, je peux concevoir qu'à une certaine époque les notions de « défense de la nation », de « sacrifice pour son pays » pouvaient animer les armées, quelles qu'elles soient.

Mais expliquez-moi ce qui peut motiver un pigeon à participer à l'un des plus grands massacres de l'histoire ?

Qu'est-ce qui peut pousser alors cette espèce d'enfoiré de taré de pigeon à passer sa vie à survoler des cadavres?! Soyons réalistes! Cher Ami est juste une sale petite raclure de sadique qui aime téter la mamelle du malheur jusqu'à être assez gros pour pouvoir s'asseoir en restant debout!
On ira même jusqu'à décorer ce sociopathe de la croix de guerre et à payer à cette petite pute du système une retraite dorée à Washington! Mais le pire, c'est que Cher Ami ne fut pas le seul animal à participer gratuitement aux massacres des êtres humains!
Que dire des chiens antichars russes, des moutons démineurs qui explosaient les uns après les autres mais avançaient toujours (et ont donné naissance à l'expression « suivre comme un mouton »)?
Et ces phoques suédois destructeurs de sous-marins (d'où l'expression bien connue des sous-mariniers, « PD comme un phoque »! Ah non, là, ça marche pas). Et ces salopes de « mouettes radars » qui prêtaient main-forte aux Anglais?
Qui pour dénoncer les inexcusables « porcs incendiaires » qui s'immolaient par le feu et dont les hurlements faisaient fuir de peur les troupes adverses... Sans oublier les oies du capitole de l'Empire romain qui servaient de vulgaire choufs au pied de la citadelle!

Même les chats qui en principe sont les seuls animaux domestiques à garder un peu d'indépendance et de liberté de pensée ont servi de boucliers aux Égyptiens contre les Perses! Bref, autant d'animaux décevants et meurtriers qui salissent l'espèce animale. Il y a encore quelques mois en apprenant que Trump avait autorisé la chasse aux bébés ours polaires j'aurais eu de la peine. Aujourd'hui je leur dis : « c'est bien fait pour votre gueule ». Bon, mettons quelques instants cette colère de côté, et essayons de comprendre de manière objective. Je me suis rendu personnellement à Washington pour interviewer Cher Ami.

L'interview (page suivante)

INTERVIEW

Jérémy Ferrari – Bonjour, Cher Ami. Merci d'avoir accepté cette interview.

Cher Ami – Mais de rien.

Jérémy Ferrari – Vous êtes le pigeon le plus célèbre du monde grâce à vos « exploits » de guerre, comment vivez-vous cette notoriété ?

Cher Ami – Je la vis avec beaucoup de recul… J'ai simplement fait ce qu'on me demandait. « Je ne suis pas un héros », comme dirait Balavoine que j'aimais beaucoup.

Jérémy Ferrari – Les animaux sont connus pour être pacifistes, ça ne vous gêne pas d'avoir participé à un massacre mondial ?

Cher Ami – Je n'ai tué personne ! J'ai juste transporté des messages !

Jérémy Ferrari – C'est trop facile, ça s'appelle de la rationalisation ! Vous faites comme ces salopards de nazis : « Oh, mais j'ai pas tué de Juifs, je m'occupais seulement de passer les commandes de Zyklon B… »

Cher Ami – Ah ah… Attendez ! Vous n'êtes pas en train de me comparer aux nazis, quand même ?

Jérémy Ferrari – Donc, si on suit votre logique, un mec qui plume un de vos cousins, pères, mères, frères et qui l'allonge sur un lit de patates pour le mettre au four, c'est pas un assassin, c'est juste un cuisinier qui prépare un plat dans un bon restaurant ?

Cher Ami – J'espère que vous plaisantez ?

Jérémy Ferrari – Plaisanter ? Parce que vous pensez qu'on peut rire des fours ? Vous êtes antisémite ?

Cher Ami – Vous vous emportez… Je pense, mon ami… Je crois qu'il vaudrait mieux arrêter l'interview…

Jérémy Ferrari – Hey, m'appelle pas « ami », le pigeon, je suis pas ton pote ! Pas de familiarités avec moi, petit merdeux !

Cher Ami – Je crois qu'il vaut mieux que je m'envole…

Jérémy Ferrari – C'est ça, ouais ! Casse-toi ! Pauvre pigeon ! Va boiter dans des flaques de pisse ! Espèce de merde ! T'es juste un rat avec des ailes ! Retourne à la gare de l'Est picorer du vomi de SDF !

Propos recueillis par Jérémy Ferrari

Armement

Il faut emmener le soldat Ryan

Ce qui est bien avec la France, c'est que même quand la guerre est dans notre propre pays, on ne sait pas comment y aller! Faute de véhicules, l'armée a dû réquisitionner les taxis parisiens (les taxis G7, qui existaient déjà à l'époque). Dans leur grande bonté légendaire, ils ont immédiatement répondu à l'appel, et dans la foulée envoyé leurs factures à l'État! C'est eux qui ont amené le renfort des troupes sur la Marne... Je vous laisse imaginer leur moral à l'arrivée. C'est quand même chaud de se faire engueuler pendant quarante minutes par un mec qui t'emmène mourir à la guerre.
« Vous allez où? La Marne... C'est pas mon chemin, là... Je rentrais, moi. Bah, montez. Nan nan, personne devant, j'ai posé mon thermos... Eh, les baïonnettes, vous faites gaffe! J'ai des sièges en cuir, moi. Les paquetages, y a un supplément. Trois paquetages, trois fusils, on est déjà à 30 euros de supplément, en plus j'ai attendu un quart d'heure devant la caserne, on démarre la course à 87 euros, Messieurs. Ah! il est 15 heures, donc on passe en tarif de nuit. Nan, on prend pas la carte, elle est en panne. »

Moi, je vous dis, on y serait allés en Uber, la guerre aurait duré moins longtemps...

« Bonjour Messieurs, installez-vous tranquillement. Prenez également une place devant, vous serez moins serrés. Je mets vos bagages dans le coffre… Oh là là, non non, pas besoin d'aide, c'est mon travail ! Allez, on y va ? Vous avez une station de radio préférée ? Nostalgie, c'est parti. Ah, Michel Sardou… "Si les Ricains n'étaient pas là…"
Vous avez de la San Pellegrino ainsi que des Dragibus et des Arlequins sur la tablette centrale… "Nous serions tous en Germanie…" La température vous convient ? "La ta dadada ta dada…" Voilà, nous sommes arrivés. Je me suis permis de prendre un petit raccourci. Un euro cinquante, s'il vous plaît ! Oh là là, bougez pas, bougez pas… Je vais vous aider à vous équiper… Voilà ! Merci, Messieurs, est-ce que vous auriez une remarque, une petite suggestion pour améliorer la qualité de mon service ? On est tous avec vous, j'espère vous revoir très bientôt, j'ai été fier de vous servir et de servir la nation, vous pouvez garder les bouteilles d'eau ! »
Et il serait reparti en souriant : « J'adore mon boulot ! »

ET NATACHA
LA DANSEUSE
EST BÉNÉVOLE,
ELLE NE FAIT ÇA
QUE PAR PASSION
La Mort
UBER
PARIS GAGNY EN
TARIF C : 17 774 FRANCS,
PLUS LE SUPPLÉMENT BAGAGES
2 352 FRANCS, PRIME DE RETOUR À VIDE,
2 443 FRANCS, VOUS AVEZ VOULU ÉCOUTER
LA RADIO 463 FRANCS, FRAIS DE NETTOYAGE
872 FRANCS, CE QUI FAIT 23 904 FRANCS,
MAIS ARRONDISSEZ À 24 000 J'AI PAS
LA MONNAIE
ON AURAIT
DÛ VENIR
EN UBER
BORKOO

RUE
DES BOULETS

Seconde Guerre mondiale

Bon, alors pour l'introduction de la Seconde Guerre mondiale, j'ai décidé de pas rédiger d'introduction. Tout a été fait : reportages, livres, photos, documentaires... Bref ! Impossible de proposer quelque chose d'original. Alors j'ai décidé de me concentrer sur Hitler qui, il faut bien l'avouer, est celui qui dans ce conflit a le plus fait parler de lui. Il est tout de même important de dire que sa manie d'envoyer des bombes sur tout le monde et de gazer des enfants lui a valu de vives critiques qui ont jusqu'à aujourd'hui quelque peu terni sa réputation.

Alors Hitler, qui c'est ? Bah, au départ, c'est un petit moustachu qui veut faire de la peinture. Il peint des fleurs, des paysages, tout ça, c'est quelqu'un d'assez jovial... Je pense qu'on peut le qualifier de jovial ! Il est positif ! Il aime la vie.
Donc, il décide de devenir peintre, mais malheureusement ça décolle pas. Donc il se réoriente rapidement vers l'extermination de masse. Et là, la mayonnaise prend bien ! Il fait un carton dans son pays, où il impose assez rapidement son style. On peut même dire sans rougir que dans le genre, c'est une référence. Certes, on sent l'influence arménienne dans son travail, ce que certains puristes de l'exercice lui ont reproché parfois... Mais soyons honnêtes : qui n'est pas influencé par quelqu'un ou quelque chose ?

Alors vous êtes en train de vous dire : « Bon, OK Jérémy, tu fais pas d'introduction parce que tout a été écrit sur la Seconde Guerre mondiale, mais en même temps les vannes sur Hitler on en a entendu mille aussi ! » Je vous l'accorde, bande de misérables vermines ne sachant que critiquer, critiquer, critiquer !
Je vous propose donc de vous glisser pendant quelques minutes dans la peau d'Adolf Hitler sur une reprise de *Cette année-là*, de Claude François. Une manière ludique et joyeuse d'apprendre l'histoire. Vous pouvez y ajouter la chorégraphie, le costume et même des « Hitlerettes » si vous trouvez des danseuses motivées et ouvertes d'esprit.

P.-S. : Ne m'envoyez pas les vidéos de vos prestations… Ça vaut aussi pour la pièce de théâtre de la Première Guerre mondiale !

La bande-son est disponible ici :
www.jeremyferrari.fr/happyhour

Je dédie cette chanson à ma maman qui aimait tout autant l'antisémitisme que Claude François. Je parle d'elle au passé bien qu'elle ne soit pas encore décédée, mais on croise les doigts pour cette année.

KARAOKÉ

CETTE ANNÉE-LÀ
JE TENTAIS MON PREMIER COUP D'ÉTAT
LE PUBLIC NE ME CONNAISSAIT PAS
QUELLE ANNÉE, CETTE ANNÉE-LÀ !

CETTE ANNÉE-LÀ
LE FASCISME VENAIT D'OUVRIR SES AILES
ET DANS MON COIN JE FORMAIS DES REBELLES
ET LE PUBLIC AIMAIT ÇA !

DÉJÀ... LE JUDAÏSME N'EST PLUS UNE RELIGION...
DANS LE VENT !
ET MOI J'ENVAHIRAIS BIEN QUELQUES ÉTATS

CETTE ANNÉE-LÀ
QUELLE JOIE D'ATTAQUER LA POLOGNE
LA FRANCE DÉCLARE LA GUERRE, MAIS ON S'EN COGNE
QUELLE ANNÉE, CETTE ANNÉE-LÀ !

J'AI DÉCOUVERT MON PREMIER MON DERNIER AMOUR
LE SEUL LE GRAND L'UNIQUE ET POUR TOUJOURS,
LES NAZIS

CETTE ANNÉE-LÀ
EN TROIS MOIS ON ARRIVE À PARIS !
ON EST JEUNES ET ON N'A PAS DE SOUCIS,
QUELLE ANNÉE, CETTE ANNÉE-LÀ !

C'EST LÀ QUE DE GAULLE A RÉSISTÉ COURAGEUSEMENT... MAIS DE LOIN
TANDIS QU'EN NORMANDIE ON NOYAIT DES RICAINS...

CETTE ANNÉE-LÀ
VIREVOLTANT DANS LE CIEL ASIATIQUE
UN OISEAU QU'ON APPELLE BOMBE ATOMIQUE
S'ÉCRASAIT SUR HIROSHIMA
C'ÉTAIT HIER, MAIS AUJOURD'HUI RIEN N'A CHANGÉ
C'EST LE MÊME MÉTIER QUI CE SOIR RECOMMENCE ENCORE

C'ÉTAIT L'ANNÉE QUARANTE-DEUX
C'ÉTAIT L'ANNÉE QUARANTE-DEUX
C'ÉTAIT L'ANNÉE QUARANTE-DEUX
C'ÉTAIT L'ANNÉE QUARANTE-DEUX

KARAOKÉ

ANECDOTE

FÜHRER SOCCER

Cher lecteur, j'ai souvent exprimé publiquement mon non-amour du football, mais je n'ai jamais pris le temps d'expliquer clairement les raisons de cette aversion qui découle à mon grand dam d'un épisode difficile de ma vie.

Je dois admettre que je ne suis pas très à l'aise quand il s'agit de parler de mes fragilités, non par honte mais simplement par pudeur. Le choix de mon univers humoristique m'a amené à passer une bonne partie de ma vie à creuser les évènements les plus dramatiques qui peuvent toucher une personne, une famille, un peuple, un continent ou ce monde ; j'ai longtemps pensé que j'avais la force et le recul nécessaires pour m'imprégner de tous ces drames sans en être affecté personnellement... mais force est de constater que je me suis trompé. J'ai développé une incapacité totale à me plaindre, à me confier ou juste à évoquer un mal-être, convaincu que mes maux ne sont pas assez « importants » pour être abordés. Pire, pleurer est synonyme pour moi d'obscénité, de vulgarité, et me donne le sentiment de pisser sur la plaie béante de ce monde qui hurle...

Mais sachez, cher lecteur, que derrière cette personnalité solaire, joyeuse, optimiste, et cette bonhomie que je me fais fort de partager dès que j'en ai l'occasion, se cache un petit garçon fragile qui cherche dans l'amour du public le sein de sa mère qu'il a trop peu tété...

Et c'est l'une de ces histoires qui parcourent la surface du ruisseau sombre et boueux de mon passé que je m'en vais vous conter.
N'ayant pas l'électricité à la maison, dès que la morphine faisait effet sur ma mère, laquelle cessait alors pendant quelques heures de hurler les douleurs de sa gangrène, je m'évadais de notre squat pour redevenir pendant quelques heures un petit garçon de 11 ans, souriant, curieux et frondeur !
Comme tous les enfants de mon âge, je passais la plupart de mon temps libre à faire imploser des grenouilles en obstruant leurs orifices après les avoir forcées à ingérer du Coca et des Mentos, ou à jouer au football avec mes amis.

Il ne fallut pas longtemps pour que mes petits camarades de ballon s'aperçoivent que je n'excellais pas dans ce domaine ! On parle souvent de la cruauté dont les enfants sont capables entre eux, mais mon expérience prouve qu'ils savent également faire preuve de compréhension, d'entraide, voire de bienveillance, à l'égard d'un plus faible qu'eux. Ils auraient pu, comme il était de coutume dans mon quartier quand une faiblesse se faisait sentir chez l'un d'entre nous, me barbouiller les testicules de sang de poulet et les faire lécher par « Crapule », le berger allemand du gardien de l'immeuble. Mais ils n'en firent rien.
Malgré mes maladresses, je n'ai jamais été le « non-choisi » des constitutions d'équipes, tant redoutées par tous les petits garçons en recherche de popularité.
Je participais à chaque match, que ce soit ceux organisés dans mon quartier ou dans la cour de récréation.

Je n'étais pas doué, certes, mais ma force de caractère, ma volonté de m'améliorer et la dextérité avec laquelle j'avais agrafé les paupières du seul « capitaine » qui s'était aventuré à ne pas me faire jouer avaient fini par faire de moi un incontournable de ces matchs enfantins !
J'étais heureux, j'avais trouvé ma place au sein d'un groupe qui m'acceptait comme j'étais : avec mes forces et mes faiblesses.
Les années passèrent dans cette insouciance footballistique et batracienne à une vitesse surprenante, jusqu'à cet après-midi de juin 1997 où le vent poussa une brume épaisse qui vint refroidir le duvet rassurant des rayons de ce soleil dont j'avais apparemment déjà trop profité.
La cloche sonna la récréation de milieu d'après-midi, la plus attendue car un peu plus longue que les autres. L'occasion parfaite pour notre petite bande de joyeux footballeurs en herbe de reprendre le match intense démarré quelques heures plus tôt contre « les grands du CM2 ».
Le coup de sifflet retentit, mais cette fois tout ne se passa pas comme d'habitude. Mes jambes restèrent plantées sur le sol ! Scellées, collées, plantées comme si cette vieille charogne de charlatan de Messmer m'avait convaincu que ce serait bon pour ma carrière d'être hypnotisé en direct sur TF1 !
Dans l'excitation générale, personne ne remarqua ma soudaine immobilité.
Je voyais autour de moi les deux équipes se chahuter cette balle sans pouvoir me joindre à elles. Mon corps, mon esprit venaient d'être littéralement engloutis par une idée qui ne m'a plus jamais quitté : « Mais putain, est-ce que ce sport, ça serait pas de la merde en fait ? »
Depuis je hais le foot.

Il me semblait important de vous préciser cela, pour qu'il n'y ait pas méprise sur les intentions qui pouvaient m'animer dans le choix de l'histoire qui va suivre.
Celui-ci n'avait pas pour but de mettre en avant le courage et le sacrifice d'une poignée d'hommes qui, à travers leur passion du sport, ont osé s'élever contre le nazisme. J'ai choisi cette histoire uniquement parce que des joueurs de foot meurent à la fin.

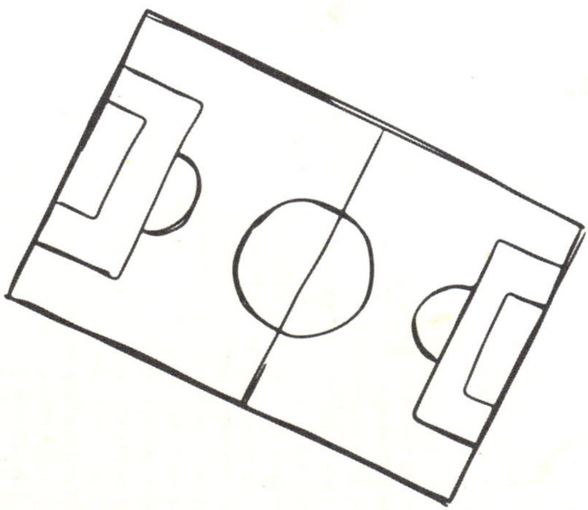

HISTOIRE

Le 9 août 1942, les nazis occupent Kiev, mais comme les occupés n'ont rien le droit de faire pour s'occuper et que les occupants doivent surveiller les moindres occupations des occupés… bah, au final tout le monde manque beaucoup d'occupations.

Parce qu'être l'occupé qui n'a plus le droit de vaquer à ses occupations et qui se retrouve totalement inoccupé, c'est chiant… mais avoir pour seule occupation d'ausculter des occupés qui n'ont pas le droit de s'occuper, c'est carrément l'angoisse.

Ajoutez à cela l'agressivité des occupés, inévitable en période d'occupation prolongée, et les tensions générées par les préoccupations des occupants qui ont, de par leur statut d'occupant, mille choses dont ils doivent s'occuper, et vous obtenez des journées vachement longues et hyper casse-couilles.

Alors, comme les nazis ont toujours eu ce talent de créativité et d'originalité quand il s'agit de rigoler, ils décident d'organiser un tournoi de football !

C'est parti ! Dans une joie collective, presque palpable, les Allemands créent des équipes de nazis et de collabos et, pour respecter l'esprit Coubertin, une équipe ukrainienne constituée essentiellement de grands joueurs de l'équipe Dynamo Kiev… que personne ne connaît mais qui, apparemment, était à l'époque l'équipe la plus prestigieuse d'Ukraine ! Même si entre nous « l'équipe la plus prestigieuse d'Ukraine », c'est comme être miss Belgique : c'est bien… mais bon…

Toujours est-il que les Ukrainiens multiplient les victoires avec des scores difficilement discutables du genre 8-2 / 7-0 / 11-0.

Si c'était pas plus ou moins organisé par Hitler, on aurait pu croire que c'était le Qatar. Toutes ces victoires des « non-Aryens » sur des équipes composées, entre autres, de soldats de l'artillerie allemande et de soldats des forces étrangères d'occupation commencent à agacer les nazis qui, il faut bien l'avouer, ont un esprit « bon joueur » assez limité.

Et puis humilier les nazis quand tu es occupé, on peut trouver ça courageux ou totalement con… mais en y réfléchissant, je pense qu'on peut facilement arrêter de trouver ça courageux.

Les Allemands perdent patience et décident d'employer les grands moyens, en constituant une équipe composée uniquement des membres de la célèbre Luftwaffe. Alors je vois pas en quoi aller chercher des aviateurs pour faire une équipe de foot, c'est employer les grands moyens, mais bon, on peut toujours être surpris. Mais pas cette fois puisque l'équipe des stewards sera battue 5-1.

Jamais à court de « grands moyens », les nazis organisent alors une revanche pour sauver leur honneur qui jusqu'à présent était absolument intact.

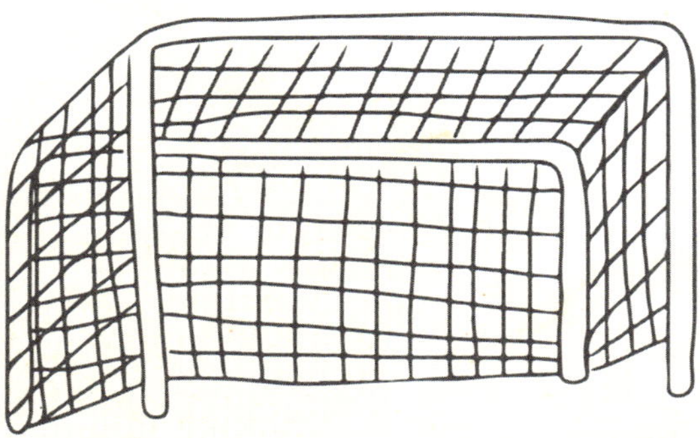

Pour une objectivité totale, l'arbitre du match est SS et, pour respecter l'esprit sportif – qui ne doit jamais souffrir d'un contexte politique quel qu'il soit –, l'équipe ukrainienne est menacée de mort à la première mi-temps.

Cette revanche n'en sera pas une puisque les Ukrainiens remportent à nouveau la victoire : 5-3. Sous les applaudissements des Allemands, toujours prêts à reconnaître leur défaite et à se réjouir du succès des autres.

Par un incroyable hasard, qui n'a rien à voir avec le résultat de ce match, il s'est avéré que, malheureusement, tous les membres de cette équipe ukrainienne étaient en fait des opposants politiques communistes. La plupart seront donc torturés et exécutés, les plus chanceux seront envoyés dans des camps de détention (puis torturés et exécutés).

NOUS AVONS RETROUVÉ LES COMMENTAIRES
DES DERNIÈRES MINUTES DU MATCH

- L'équipe allemande qui commence à sentir la fatigue décide de faire entrer des remplaçants, ce qui n'est pas idiot, Jean-Michel !
- Tout à fait, Thierry... et je pense que les Ukrainiens auraient aimé faire de même si leurs remplaçants n'avaient pas succombé en début de match à cette attaque au napalm de l'aviation allemande.
- Oui, Jean-Michel, l'équipe allemande a bien besoin d'un petit coup de fraîcheur ukrainienne, ils sont d'ailleurs entrés dans un jeu plus offensif !
- Tout à fait, Thierry, plus offensif et je crois d'ailleurs que... Oui ! Les Allemands viennent littéralement de fusiller le gardien ukrainien, ce qui d'un point de vue stratégique n'est pas idiot, Thierry !
- L'arbitre décide de ne pas siffler de faute, ce qui est tout de même discutable, Jean-Michel.
- L'attaquant ukrainien Andropov ne lâche rien et remonte dangereusement vers les buts allemands.
- Rappelons, Jean-Michel, qu'il est quand même l'auteur de trois des buts du match malgré l'exécution de sa famille à la mi-temps.
- C'est vrai, Thierry ! Un exemple de force de caractère, et même la pendaison de son fils

sur la barre transversale du but allemand ne semble pas le faire reculer.
- C'est même l'inverse, Jean-Michel, puisque Andropov est en passe de marquer à nouveau... Il s'approche de plus en plus, c'est incroyable, ce qui est en train de se passer, il va tirer...
- Oooooh ! Quel dommage, le défenseur allemand a tiré avant lui ! Et cette roquette lui a littéralement déchiré la jambe.
- C'est vrai, cependant Andropov était droitier, il reste donc une menace pour l'équipe allemande.
- Ouh là là... C'est terrible, ce qui est en train de se passer ! Mais enfin, Jean-Michel, que fait ce berger allemand sur le terrain ?
- Je ne sais pas, Thierry, mais il est en train de s'attaquer à la dernière jambe de l'Ukrainien !
- L'arbitre intervient ! Voilà, il rappelle son chien. L'Ukrainien est au sol et réclame l'infirmerie.
- L'arbitre décide de le sanctionner d'un carton jaune pour simulation, décision applaudie par les supporters allemands qui expriment leur joie en entamant leur hymne qu'on pourrait traduire en gros par «On est combatifs, on aura la qualif, le tir décisif, et non Jésus n'était pas juif».
- Le tout sur une musique d'Édith Piaf, y a de l'ambiance dans les tribunes nazies !
- Remise en jeu...
- Les Ukrainiens reprennent très vite possession du ballon et s'approchent une nouvelle fois dangereusement des buts allemands.

- Une défense allemande pas facile à percer !
- Oui, des défenseurs de qualité comme Von Witzleben ou Hanz Holplen.
- Sans oublier les quatre Panzer et les avions japonais kamikazes qui rendent les déplacements difficiles sur cette surface de réparation.
- L'Ukrainien pourtant ne lâche rien et continue d'avancer...
- Ça serait terrible pour les Allemands s'ils prenaient encore un but...
- BUUUUUUUUUUUUUUUUUUUT !
- Incroyable tir à plus d'une vingtaine de mètres, qui passe entre les canons des chars, les mains du gardien et le corps de l'enfant, et qui inscrit le cinquième but de l'équipe ukrainienne ! Et la fin de ce match !
- La joie est palpable dans l'équipe ukrainienne qui vient de réaliser un exploit, Thierry !
- Les Ukrainiens regagnent leur vestiaire, notre correspondant sur place va tenter de les interviewer !

Correspondant : Oui, Thierry, Jean-Michel, je me trouve actuellement dans les vestiaires de l'équipe ukrainienne où je m'approche du capitaine pour recueillir son ressenti sur ce match.
- Alors, Andrei Kratchof, c'est une victoire écrasante ! Comment avez-vous ressenti ce match ?
- Ils sont en train d'enlever ma famille, aidez-moi ! Aideeeeeez-moi !
- Les Allemands ont un jeu un peu dur, est-ce que cela a été difficile de jouer pour vous ?

- Non, je ne choisirai pas entre ma femme et ma fille, chiens de nazis !

- Un mot peut-être pour l'équipe allemande qui doit avoir moins le moral que vous, ce soir ?

- Je suis désolé ma chérie, Papa t'aime très fort ! Il devait gagner ce match !

- Vous avez perdu pas mal de joueurs dès le début du match, comment avez-vous adapté votre stratégie de jeu ?

- On se retrouvera au paradis, mes chéries, je vous aime (bruit de fusillade). NOOOOOOOOOOOOOOON !

- Le match était en plus joué en extérieur devant un public clairement acquis à l'équipe allemande, est-ce que c'est déstabilisant de jouer dans ces conditions ?

- Aaaaaaaaaaaaah aaaaaaaaaaaaah, il me brûle les couilles ! Aaaaaaaah !

- Si vous deviez dire un petit mot réconfortant aux joueurs allemands ?

- -Aïe ! Aïe ! Aïe ! Aïe !

- Merci à Andrei qui finit son intervention par un quadruple salut au Führer, ce qui est une belle preuve de fair-play.

Encore un soldat inconnu !

Avez-vous remarqué que la plupart des grands hommes ont souffert de ne pas être entendus ? De ne pas avoir été pris au sérieux ? Et même, pour certains, d'avoir été ralentis volontairement par leurs pairs ?
Je pense que le grand drame de l'être humain est d'avoir peur de ce qu'il ne connaît pas. L'homme a besoin de références, d'exemples, de concret pour se rassurer. Ainsi, quand quelqu'un prône des idées novatrices et hors cadre, elles sont souvent rejetées. Nous n'avons que les témoignages de ceux qui ont tout de même réussi à s'imposer. Mais combien de génies a-t-on muselés ? Combien d'hommes à l'esprit révolutionnaire avons-nous loupés ? Combien de temps, combien de vies illustres avons-nous perdus ? (Comprenez bien que je n'éprouve aucunement l'émotion que j'essaye de faire ressentir par ce texte.)

Pendant mes recherches sur la guerre, « une petite histoire » est passée sous mes yeux. Elle a failli m'échapper tant elle semblait insignifiante de la manière dont elle était racontée, tant les sources étaient rares... Cette histoire était si peu traitée, si peu référencée que je commençais à me demander pourquoi je la trouvais si incroyable.
Un instant, j'ai même abandonné l'idée de vous la raconter… Puis je me suis demandé : « Qu'est-ce qui te fait douter ? » N'était-ce pas qu'à mon tour je manquais de références pour me rassurer ? Alors voici quand même l'histoire incroyable de cet inconnu qui, s'il avait été écouté, aurait pu, je n'ai pas peur de le dire, nous faire

gagner la Seconde Guerre mondiale sans l'aide des Américains, ni plus ni moins ! (Vous remarquez que j'ai tenu à faire plaisir aux lecteurs les plus âgés en employant des expressions comme « je n'ai pas peur de le dire » ou « ni plus ni moins ».)

En 1936, un tout jeune lieutenant-colonel de l'armée française, à l'allure étrange, trépigne d'agacement à la vue de son armée qui lui semble fébrile.

Prisonnier pendant la Première Guerre mondiale, ce gradé assez discret élabore un projet de réforme et de modernisation de l'armée. Il prône la nécessité de la motorisation, et développe des stratégies militaires basées sur la combinaison du feu et du choc. Il préconise une armée de métier, et non plus d'appelés. Il demande la constitution de corps de manœuvre autonomes, dotés chacun de sa propre division de chars ainsi que de son propre régiment du génie et d'artillerie. Il souligne également l'importance capitale de l'aviation.

Il relève aussi les failles de la frontière nord-est. Enfin, après avoir minutieusement tout analysé, il fait part de ses propositions et de ses craintes à ses supérieurs, qui lui font cordialement mais fermement comprendre qu'il devrait se concentrer sur son rôle de lieutenant-colonel : « Va d'abord finir de gratter la merde du carrelage des chiottes et ensuite tu viendras nous donner des leçons, sale petit connard ! » (Source non vérifiée)

Mais le jeune lieutenant-colonel ne compte pas en rester là ! Pour faire entendre sa voix, il décide de publier un ouvrage dans lequel il expose en détail ses idées et son regard sur la défense française.

Non seulement celles-ci ne seront pas prises au sérieux, mais cet ouvrage provoquera la colère de Léon Blum et des partis de gauche, qui soupçonneront l'auteur de vouloir préparer un coup d'État.
C'est donc encore une fois la peur qui annihilera la chance pour ce lieutenant-colonel de pouvoir un jour mettre ses trouvailles en pratique. Comme on dit, nul n'est prophète en son pays !
L'histoire aurait donc pu s'arrêter là si un facétieux et jovial général allemand du nom de Guderian, qui était alors en charge du développement militaire secret de l'Allemagne, n'avait pas dit en tombant sur ces écrits : « *Es ist verdammt toll !* », ce qui veut dire : « Putain, mais c'est génial ! » Ni une ni deux, Guderian lut et relut le livre, et s'empara de toutes ces brillantes idées pour renforcer l'armement allemand, que ce soit d'un point de vue stratégique, offensif ou défensif. Au passage, il nota soigneusement les nombreuses informations tactiques et géopolitiques qui saupoudraient ce livre décidément très instructif !
Si la France a boudé les écrits de ce militaire-auteur, les généraux allemands ont su y voir le saint Graal (hey, les vieux, je vous oublie paaaas). Ils ont même poussé l'ironie jusqu'à surnommer ce lieutenant-colonel « notre grand collègue ». Hitler lui-même a avoué sans culpabilité avoir trouvé un grand intérêt à la lecture de ce livre.
Ce soldat inconnu (comme aimait à l'appeler tendrement Churchill qui ne manquait jamais une occasion de rigoler) a donc été non seulement le plus grand informateur des généraux allemands sur les failles géographiques, militaires et stratégiques de la France,

mais également, n'ayons pas peur des mots, « une véritable muse » – *eine wahre Muse* – pour les lecteurs amoureux de dialectes bavarois. Oui, les mauvaises langues diront que ce soldat français est responsable de la défaite la plus rapide et la plus honteuse de l'armée française. Oui, ils l'accuseront certainement d'être responsable de l'occupation la plus humiliante de l'histoire de France, dont on ne se relèvera jamais complètement.

Oui, ils crieront que par sa faute nous portons tous sur nos épaules la honte de la collaboration. Poids qui se reportera sur les épaules de nos enfants, et des enfants de nos enfants, et des enfants des enfants de nos enfants, et ainsi de suite pour l'éternité.

Oui, vous les entendrez hurler « qu'à cause de ce traître, Hitler a pu faire un selfie devant la tour Eiffel, gravant ainsi nos cœurs meurtris d'une image indélébile puisque toujours visible en tapant "Hitler tour Eiffel" dans Google ».

Oui, vous les verrez pointer du doigt un « égo démesuré et un excès de zèle qui entachèrent de manière irrémédiable et définitive la noble image de la France ».

Et à ces gens je répondrais : « Ça suffit ! »

RIP (comme diraient les Anglais) Charles de Gaulle.

MERDE !.... MAIS...
IL EST BRILLANT
CE TYPE !
S'OUVRIR AUX AUTRES
CHARLES
DE GAULLE
VERS L'ARMÉE
DE MÉTIER

Churchill l'assassin !

Nous avons trouvé le plus grand tueur de la Seconde Guerre mondiale. Il n'utilisait pas des armes, mais ses mots. Mesdames et Messieurs, Winston Churchill sous vos applaudissements !

Les Meilleures Vannes de Churchill

Churchill VS De Gaulle

Victoire par K-O !

/// « Il ressemble à un lama femelle surpris dans son bain. » ///

/// « Oh ! ne parlons pas de celui-là... Nous l'appelons Jeanne d'Arc et nous sommes en train de chercher des évêques pour le brûler. » ///

/// « Son pays a abandonné la lutte, lui-même n'est qu'un réfugié et si nous lui retirons notre appui, c'est un homme fini. Eh bien, regardez-le ! On croirait Staline avec 200 divisions derrière lui. » ///

/// C'est dans un costume assez excentrique que, durant la guerre, Churchill pénétra dans le bureau du général de Gaulle : nœud papillon à pois, chemise rayée, costume à carreaux. De Gaulle, qui était toujours en uniforme, leva la tête, affecta un grand sourire et dit à son hôte : « Tiens, c'est le carnaval à Londres aujourd'hui ?
– Que voulez-vous, tout le monde ne peut pas se déguiser en soldat inconnu ! » ///

YOO !...
ALORS ?...
C'EST CARNAVAL
À LONDRES ?
0 0
ON N'A PAS
TOUS LA CHANCE
DE POUVOIR
SE DÉGUISER
EN SOLDAT
INCONNU.
PO PO
PO PO !!!!
0 1
PO PO
PO PO !!!!

Autres victoires de Churchill par K-O

CHURCHILL VS LA FRANCE

/// « Le Tout-Puissant dans son infinie sagesse n'a pas cru bon de créer les Français à l'image des Anglais. » ///

/// « L'Angleterre s'écroule dans l'ordre, la France se relève dans le désordre. » ///

CHURCHILL VS LE PAPE

/// « Il faudra faire attention à ne pas bombarder le pape, il a des amis influents. » ///

CHURCHILL VS HITLER

/// « Je ne déteste personne et je ne crois pas avoir d'ennemis – à l'exception d'Hitler, et encore, c'est professionnel. » ///

CHURCHILL VS LLOYD GEORGE

/// Un jour que, dans une auberge, Lloyd George demandait où se trouvaient les toilettes, Churchill dit : « Là-bas, au fond, vous verrez écrit *Gentlemen*. Vous pouvez entrer quand même. » ///

CHURCHILL VS RAMSAY MACDONALD

/// Parlant du ministre des Finances et par deux fois Premier Ministre, Ramsay MacDonald : « Quand j'étais enfant, j'étais attiré par le célèbre cirque Barnum, dont le spectacle comportait l'exhibition d'infirmes, et de monstres. Celui que je désirais voir le plus était "la merveille sans os". Mes parents, cependant, estimèrent que ce spectacle serait trop démoralisant pour mes jeunes yeux ; j'ai donc dû attendre cinquante ans pour voir la merveille sans os assise au banc des ministres. » ///

CHURCHILL VS CLEMENT ATTLEE

/// « Clement Attlee est un homme modeste, et il a de bonnes raisons de l'être. » ///

CHURCHILL VS SON PROPRE GENDRE

/// Churchill à un dîner organisé par son gendre. Ce dernier lui demande : « Quel est le personnage qui vous a fait la meilleure impression pendant la (Seconde) Guerre (mondiale) ?

– Mussolini. »

Comme on lui demandait de s'expliquer, il dit : « Il a fait fusiller son gendre. » ///

CHURCHILL VS **BESSIE BRADDOCK**

/// Un soir, Bessie Braddock, la vice-présidente du Parti travailliste, lui reproche :

– Winston, vous êtes ivre !

– Oui, Madame. Mais vous, vous êtes laide et horriblement grosse, et moi, demain matin je ne serai plus saoul ! » ///

CHURCHILL VS **STANLEY BALDWIN**

(plusieurs fois ministre conservateur dans les années 1920 et 1930)

/// À propos de Stanley Baldwin :

« À l'occasion, il trébuche sur la vérité, mais il se relève aussitôt et fait comme si de rien n'était. » ///

CHURCHILL VS **MANNY SHINWELL**

(homme politique travailliste plusieurs fois en charge des questions énergétiques et de défense entre 1929 et 1950)

/// Dans les années 1950, pendant la guerre froide, on lui demande si une guerre va bientôt éclater :

« Non. Quand M. Shinwell était ministre du Charbon, l'Angleterre n'avait pas de charbon. Aujourd'hui, M. Shinwell est ministre de la Guerre. » ///

CHURCHILL VS LADY ASTOR

La première femme à siéger au Parlement britannique sera Nancy Astor, en 1919. Régulièrement « taclée » par des remarques narquoises de Winston Churchill, elle perd patience aux Communes...

/// Lady Astor : « Monsieur Churchill, si j'étais votre femme, je verserais du poison dans votre café ! »

Churchill : « Et moi, Madame, si j'étais votre mari, je le boirais ! » ///

HEIL-PHONE : SI LES CHEFS D'ÉTAT AVAIENT EU DES SMARTPHONES PENDANT LA SECONDE GUERRE MONDIALE !

1936 : Hitler transgresse le traité de Versailles et réarme la Rhénanie. Hitler rassure les puissances occidentales et le Royaume-Uni.

1938 (septembre) : Hitler transgresse une nouvelle fois le traité de Versailles et annexe la région des Sudètes en Tchécoslovaquie. Malgré une alliance avec ce pays, la France et le Royaume-Uni tournent le dos au président Edvard Beneš et se laissent une nouvelle fois amadouer par les promesses d'Hitler, pour éviter la guerre.

Message de 065133372893
Coucou Adolf, excuse-moi de te déranger, j'ai entendu dire que tu attaquais les Sudètes. C'est vrai ?
J'ai pas ce numéro. C'est qui ?
Édouard Daladier, chef du gouvernement français.

Message de Chamberlain
Eh ! Qu'est-ce que tu fous en Tchécoslovaquie, Adolf ? Y a Daladier qui est en larmes !
Non, mais là, c'est juste que les Sudètes, c'est chez nous. T'inquiète ! Je reprends ça et après vous êtes tranquilles pour mille ans. 🙏

Message de Daladier
Hello, Edvard, ça va ?
Bah non...
Bon, j'ai vu de mon côté.
Désolé, c'est mort.

1939 (23 août) : Hitler signe un pacte de non-agression germano-soviétique. Des accords secrets sont également conclus entre les deux pays pour partager les territoires conquis.

1939 (1er septembre) : Hitler attaque la Pologne. Trois jours après, la France et le Royaume-Uni déclarent la guerre à l'Allemagne.

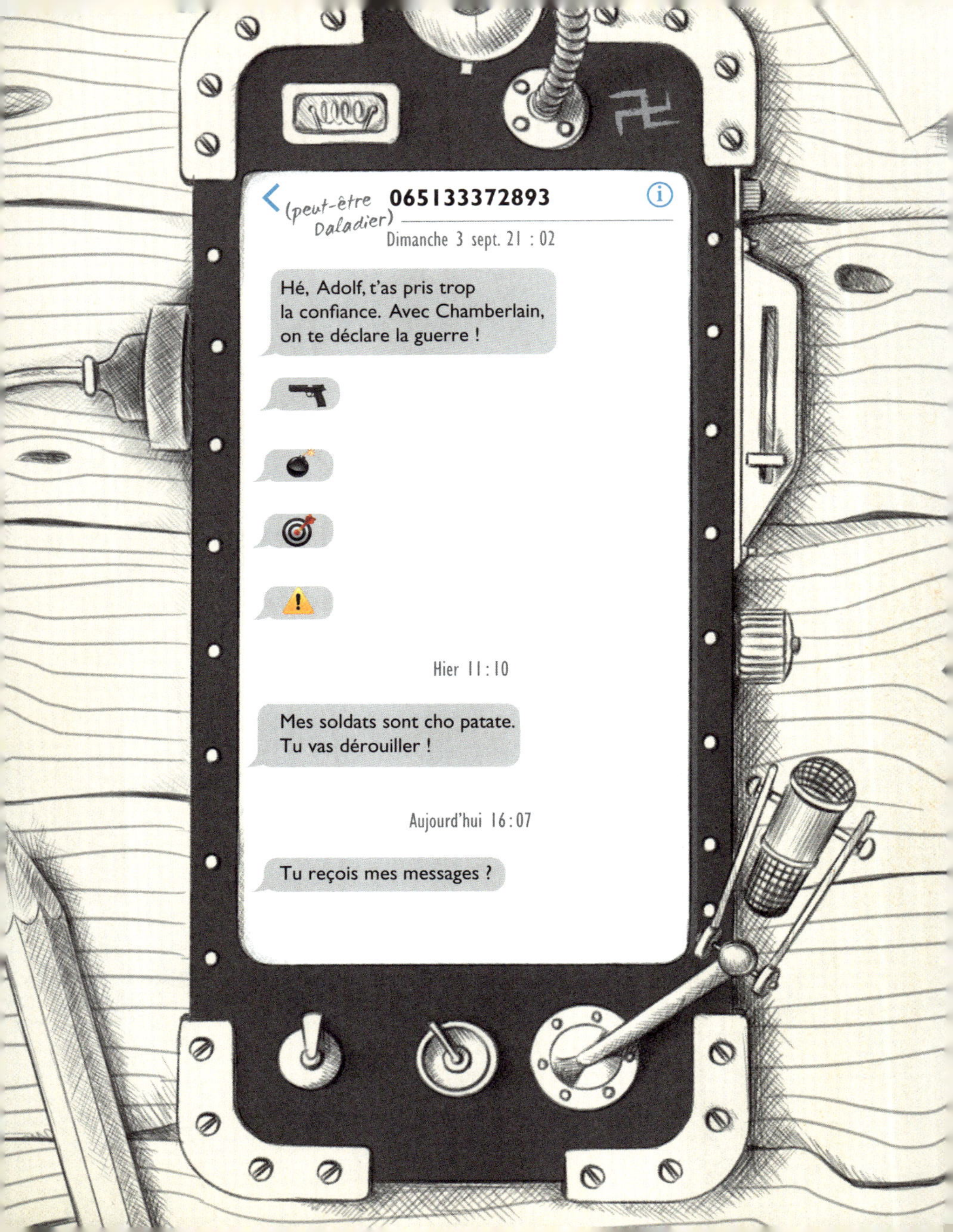
(peut-être Daladier)
065133372893
Dimanche 3 sept. 21 : 02
Hé, Adolf, t'as pris trop la confiance. Avec Chamberlain, on te déclare la guerre !
Hier 11:10
Mes soldats sont cho patate. Tu vas dérouiller !
Aujourd'hui 16:07
Tu reçois mes messages ?

1940 (mai-juin) : La Blitzkrieg (guerre éclair) permet aux Allemands d'arriver à Paris en un mois puis d'occuper la France. Chamberlain s'est fait remercier, il est remplacé par Churchill. Daladier s'enfuit au Maroc.

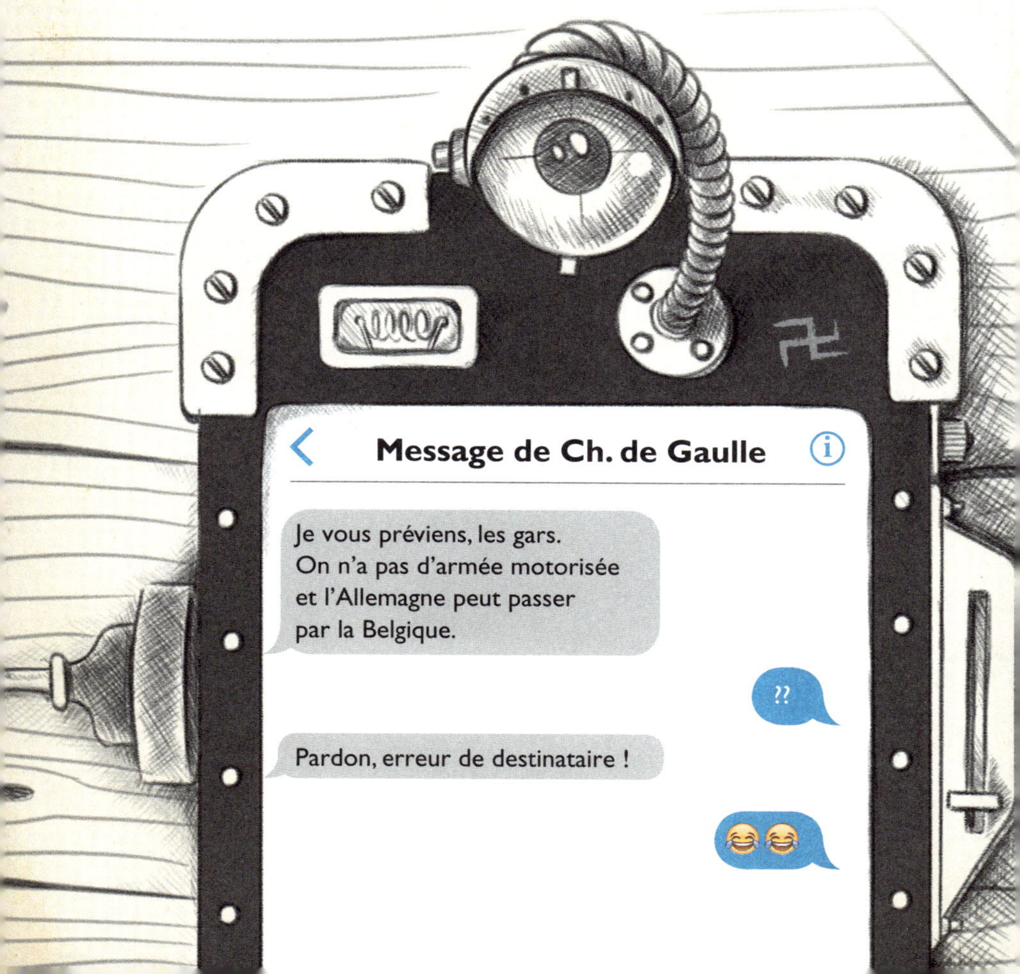

Message de Churchill
Charles putain, vous avez déjà perdu ?
Comment tu sais ?
Arrête avec tes smileys, sérieux !

1940 (mi-juin) : Pétain devient président du Conseil et signe l'armistice avec Hitler. Pendant ce temps, à Londres, de Gaulle, venu au départ prendre contact avec Churchill, décide de «prolonger un peu son week-end» (quatre ans) !

1941 (22 juin) : Un an pile après l'armistice en France, emporté par un sentiment de toute-puissance, Hitler attaque la Russie, malgré le pacte de non-agression. Staline pense tout d'abord à un malentendu.

1941-1944 : Le front russe fait progressivement reculer l'armée allemande, qui n'est pas préparée à affronter les grands froids de l'hiver soviétique.

1944-1945 : Débarquement. Libération de Paris. C'est la fin de la guerre. Hitler se suicide, etc.

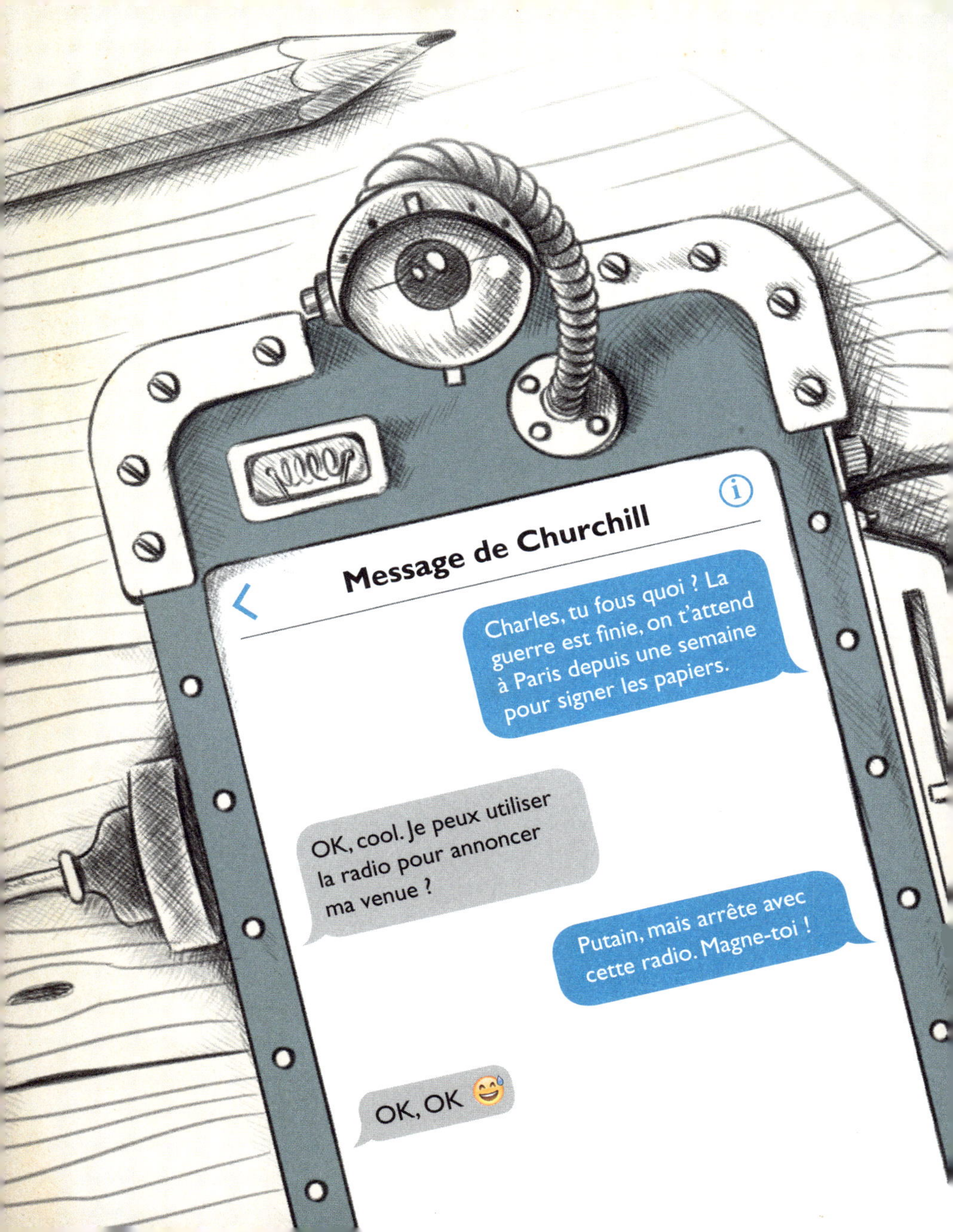
Message de Churchill
Charles, tu fous quoi ? La guerre est finie, on t'attend à Paris depuis une semaine pour signer les papiers.
OK, cool. Je peux utiliser la radio pour annoncer ma venue ?
Putain, mais arrête avec cette radio. Magne-toi !
OK, OK

NAZIS OU COLLABOS ?

TROUVE LES MOTS ET FORME UN JOLI DESSIN !

(TU PEUX UTILISER TES CRAYONS DE COULEUR)

T	G	N	C	E	U	S	W	M	O	C	O	P	E	L	K	I	E	A	R	R	Y
E	E	A	D	S	Q	I	H	A	L	O	U	I	S	V	U	I	T	T	O	N	P
D	N	P	O	F	U	F	S	E	U	C	Z	T	N	S	E	B	T	A	O	D	L
Y	E	Q	U	R	E	V	I	V	P	O	A	G	E	D	O	U	I	D	A	J	O
N	R	D	A	I	S	A	E	K	I	C	T	N	I	M	F	S	A	K	R	S	I
J	A	G	R	Q	M	H	U	S	F	H	B	T	Q	Q	R	X	V	B	V	O	M
K	L	F	O	V	W	A	S	E	O	A	O	E	F	U	A	S	Z	E	A	P	A
B	M	S	I	P	D	N	R	B	R	N	S	C	L	E	K	I	J	S	W	H	D
M	O	U	N	U	B	F	I	S	D	E	C	R	S	O	H	X	P	S	S	I	X
W	T	D	R	O	E	T	K	E	R	L	H	W	D	C	E	D	A	K	F	U	S
V	O	L	K	S	W	A	G	E	N	T	H	Y	S	S	E	N	K	R	U	P	P
U	R	A	S	I	N	B	A	S	F	P	M	E	R	C	E	D	E	S	R	S	L
I	S	J	E	S	W	D	A	R	U	O	A	N	E	E	I	R	C	I	O	N	O
Z	A	R	I	O	A	I	E	K	V	R	D	P	D	V	B	I	F	A	U	C	R
E	O	U	E	S	T	U	L	I	B	S	I	S	I	F	Q	E	H	B	A	F	E
T	I	H	X	P	E	M	A	T	P	C	D	Q	D	R	Z	V	M	V	I	A	A
A	G	E	R	C	A	Z	J	E	C	H	A	T	U	S	S	E	I	O	L	G	L
W	J	I	R	E	N	A	U	L	T	E	S	I	E	N	A	P	W	K	U	F	S
P	U	M	A	H	U	G	O	B	O	S	S	X	O	S	D	A	S	B	E	A	O

LOREAL
ADIDAS
COCO CHANEL
LOUIS VUITTON
BOSCH
FORD
BMW
AGFA
MERCEDES
PORSCHE
SNCF
THYSSENKRUPP
GENERAL MOTORS
PUMA
VOLKSWAGEN
OPEL
DR OETKER
BASF
HUGO BOSS
RENAULT

VOUS POUVEZ ME RÉEXPLIQUER LES RÈGLES ?

Je vous propose ici de découvrir un classement des trois soldats de la Seconde Guerre mondiale ayant le moins compris le concept de la guerre.

Et la troisième place
est attribuée à Bill Millin pour :
« Est-ce qu'à la place de mon fusil,
je peux prendre une cornemuse ? »

Pendant la Première Guerre mondiale, les Britanniques avaient décidé d'intégrer dans leurs rangs des joueurs de cornemuse. Les images de ces hommes avançant au milieu des balles et des bombes le regard droit et le menton haut avec pour toute arme leur instrument ont bouleversé le monde entier. Malheureusement, les Allemands n'étaient pas très sensibles aux instruments à vent ni aux jupes à carreaux, du coup nos passionnés de musique se sont fait shooter comme des pédés en claquettes devant une caserne tchétchène.

Heureusement, après la tempête vient le soleil, et une autre guerre est déclarée. L'occasion pour les Anglais de passer un peu moins pour des cons. La décision est prise : l'armée anglaise interdit les cornemuses sur les champs de bataille. Rien n'a été dit officiellement sur les jupes à carreaux sans slip, mais je pense que c'était plus ou moins un accord tacite : si la cornemuse était bannie, il n'y avait aucune raison valable d'arriver cul nu enroulé dans une nappe aux commandes d'un tank.

Mais Bill Millin était un passionné et, à l'instar d'un Casque bleu pédophile ayant déjà reçu un avertissement de son supérieur, il ne put s'empêcher de s'adonner à sa passion malgré les risques. Et le 6 juin 1944, « Bill la Corne », comme on l'appelait (personne ne l'appelait comme ça), n'écoutant que son âme, débarqua sur cette plage normande avec pour toute arme sa passion et sa cornemuse. Il brava les ordres et le danger pour ramener un peu d'humanité là où elle était interdite. Cette fois-ci, les troupes ennemies épargnèrent le mélomane, émues, bouleversées, subjuguées.

Non, je rigole ! En fait, elles l'ont pris pour un fou et ont eu pitié de lui.

La deuxième place est attribuée
à Yang Kyoungjong pour :
« Est-ce que j'ai le droit de changer trois fois de camp pendant la même guerre ? »

Yang Kyoungjong est un Coréen qui va passer successivement de l'armée japonaise à l'Armée rouge puis à l'armée allemande, et qui se fera finalement capturer par les Anglais qui vont l'emprisonner aux États-Unis où il s'installera définitivement. Donc, comme personne n'est aussi con, je ne vois qu'une hypothèse plausible : nous avons affaire à un gentil maladif incapable de dire non et rongé par une peur panique et compulsive de déranger.
En 1938, Yang a 18 ans, il est coréen et doit vivre sous domination japonaise comme l'ensemble de ses compatriotes.
– Hey Yang ? Tu es coréen ?
– Ouais !
– Donc tu détestes les Japonais ?

– Ouais !

– Ça te dirait de venir te battre aux côtés des Japonais contre les Soviétiques ?

– Ouais !

Voilà donc notre petit Coréen qui commence son aventure de soldat japonais au sein de l'armée impériale japonaise, bien décidé à casser du rouge ! Un an plus tard, il est fait prisonnier par les Soviétiques.

– Hey, Yang ?

– Ouais ?

– Tu veux bien que je te capture ?

– Carrément ! Mais… mais faut que je demande à mon supérieur !

– On a déjà préparé ta cellule, ça se fait pas de faire attendre !

– Ouais, pardon, j'arrive !

Yang est donc maintenant dans un camp de travail, prisonnier de l'Armée rouge, où il ne bronchera pas pendant plusieurs années et fera consciencieusement son travail, mais un beau matin de 1942…

– Hey Yang ?

– Ouais ?

– On est un peu en galère, on a besoin de soldats motivés, ça te dirait d'intégrer l'Armée rouge ?

– Carrément… mais j'ai le droit, vu qu'au départ j'étais contre vous ?

– Bah ! C'est pas le souci, ça fait trois ans qu'on te loge et qu'on te nourrit. Tu peux filer un coup de main, non ?

– Carrément !

Yang est donc maintenant envoyé sur le front ukrainien en tant que soldat soviétique et combat l'armée allemande jusqu'au jour où en 1943…

– *Heil* Hitler !

– Non ! Hey Yang !

– *Heil* Hitler !

– Oui, bon, appelez-moi comme vous voulez, c'est joli aussi, Hitler.

– Tu veux bien que je te capture ?

– Ma cellule est déjà prête ?

– Oui !

– Bon, alors on part tout de suite, je déteste me faire attendre !

Yang est maintenant prisonnier de l'armée allemande mais pour très peu de temps, car un beau jour…

– *Heil* Hitler !

– Non, moi c'est… Oui, bon, laisse tomber. Quoi ?

– Tu aimes Hitler ?

– Bah, je le connais pas, mais j'en entends que du bien ! Et on a le même prénom…

– Tu hais les Juifs ?

– Écoutez, j'en connais pas, mais depuis que je suis ici j'en entends que du mal...

– Tu veux venir combattre pour le Führer ?

– Écoutez, j'ai combattu sans raison jusqu'à présent, alors si là c'est pour quelque chose, je suis chaud.

– On t'envoie en France, pas de souci ?

– Bah, ça commence à me faire beaucoup de train, mais bon je vais pas me plaindre, vous prenez en charge les déplacements, c'est hyper sympa.

Yang est maintenant membre de l'armée allemande et rejoint le bataillon localisé dans la péninsule du Cotentin en Normandie :

il participera donc à la bataille de Normandie du côté nazi… Jusqu'au jour où…

– Hey Yang ?

– Oui, oui… Bon, on va où ?

Yang fut capturé par les Américains, ce sera sa dernière péripétie en tant que soldat.

– Hey Yang !

– Oui ?

– La guerre est finie, tu es libéré !

– Je vais enfin pouvoir rentrer chez moi…

– Pourquoi, t'aimes pas les États-Unis ?

– Non, c'est pas la question, mais…

Yang vécut finalement aux États-Unis jusqu'à sa mort en 1992.

La première place du podium est attribuée à Hiro Onoda pour : « Est-ce que j'ai le droit de continuer la guerre tout seul ? »

Alors, Hiro Onoda mérite sa première place pour la simple et bonne raison que ce type a continué la guerre tout seul pendant vingt-neuf ans. Qui dit mieux ?

Décembre 1944 : Onoda ainsi que vingt-deux autres hommes de l'armée impériale japonaise sont parachutés sur l'île de Lubang. Leur mission ? Retarder le débarquement des Américains et ne pas quitter cette zone quoi qu'il arrive.
Septembre 1945 : La guerre est finie.
1946 : Onoda continue la guerre – avec trois potes.
1947 : Onoda continue la guerre.
1948 : Onoda continue la guerre.
1949 : Onoda continue la guerre.
1950 : Les autorités lancent des tracts dans la jungle pour prévenir Onoda que la guerre est finie.
1951 : Onoda continue la guerre – avec deux potes.

1952 : Onoda continue la guerre.
1953 : Onoda et ses deux potes affrontent des forces locales, convaincus qu'ils se battent contre l'ennemi.
1954 : Onoda continue la guerre – avec un pote.
1955 : Un avion passe dans le ciel. C'est que la guerre n'est pas terminée.
1956 : Onoda continue la guerre.
1957 : Onoda continue la guerre.
1958 : Onoda et son pote ont entendu un bruit.
1959 : Ils écoutent pour être sûrs…
1960 : Ils écoutent…
1961 : Ils écoutent…
1962 : C'était rien. L'alerte est levée.
1963 : Onoda continue la guerre.
1964 : Onoda et son pote tuent des touristes, pensant que c'est l'ennemi qui veut les piéger.
1965 : Onoda tente de se masturber dans une noix de coco.
1966 : Onoda se remet de son infection du pénis.
1967 : Onoda a trouvé mieux qu'une noix de coco.
1968 : Balade au lac avec son « pote ».
1969 : Onoda continue la guerre et viole une chèvre.
1970 : Grosse dispute avec son « pote ».
1971 : Onoda et son pote affrontent des forces locales, convaincus qu'il se battent contre l'ennemi.
1972 : Onoda continue la guerre – seul.
1973 : Onoda rencontre un hippie qui arrive à le convaincre que la guerre est terminée. Onoda lui dit que seul son général pourra le convaincre.
1974 : Les autorités forcent le général devenu libraire à remettre son uniforme et l'emmènent à la rencontre d'Onoda qui accepte enfin de déposer les armes.

1975-1983 : Déçu par ce qu'est devenu le Japon, il part s'installer dans un ranch au Brésil où il « élève » des chèvres.

1984 : Onoda a enfin une idée cohérente et fonde une école de survie au Japon.

1996 : Onoda retourne sur l'île sur laquelle il a passé trente ans et fait un don pour avoir buté des touristes.

2014 : À 96 ans, enfin il meurt…

NE T'EN FAIS PAS, TOUT VA BIEN SE PASSER
VOUS VOYEZ, LE BLANC PENSE QU'IL PEUT PARLER AUX ANIMAUX

Colonisations françaises

Pour réussir sa colonisation, il faut le matériel adapté ! Veuillez donc vous munir :
- d'une confiance absolue en votre faculté de savoir mieux que les autres ;
- d'un bateau…

Le monde appartient à ceux qui ont dit : « Ça m'appartient ! »

La France, dans son histoire coloniale, a toujours respecté des valeurs, une morale, et n'a toujours eu comme seul objectif que d'améliorer le quotidien des habitants des terres qu'elle découvrit. À chaque instant, et quels que soient les contextes politiques, économiques ou diplomatiques, la France a toujours colonisé avec désintérêt, dignité, bienveillance et humilité.
Jules Ferry, notre fierté nationale, dont le nom orne nos rues, nos théâtres et nos écoles, le résume parfaitement par ces mots : *« Il faut dire ouvertement qu'en effet les races supérieures ont un droit vis-à-vis des races inférieures. […] Il y a pour les races supérieures un droit, parce qu'il y a un devoir pour elles. Elles ont le devoir de civiliser les races inférieures. »*
Voici donc la liste complète de tous les endroits du monde où la France a tenté de faire le bien et de sortir de leur condition animale tous ces sauvages qui préféraient parler aux arbres que de construire des Club Med[1].

---

1 Petite précision pour les ~~casse-couilles~~ puristes : j'ai choisi de couvrir la temporalité la plus large possible sans préciser les dates exactes parce que je m'en tape l'auriculaire (j'ai fait un pari avec quelqu'un : je devais placer « auriculaire » dans le livre).

Afrique du nord

Le Maroc

<u>*Raison officielle*</u>

Aider les Marocains à s'accomplir en tant que nation, en les faisant profiter généreusement de nos compétences en matière d'éducation, d'économie, de modernité et d'administration.

<u>*Raison officieuse*</u>

C'était le dernier pays à être toujours indépendant et on ne comprenait pas pourquoi. Les colons occidentaux avaient juste « oublié » le Maroc. Ils se sont donc réunis pour savoir à quel pays le Maroc allait appartenir. C'est la France qui a obtenu le droit de construire des villas en bord de mer et d'engager du personnel de maison au salaire local pour jouer au riche le mois de juillet.

L'ALGÉRIE

Raison officielle

Le Dey d'Alger (Hussein) a offensé le consul de France en lui donnant un coup d'éventail. L'honneur de la France a été bafoué, il fallait donc intervenir !

Raison officieuse

Le Dey d'Alger a donné un coup d'éventail au consul de France parce que la France refusait de rembourser une énorme dette qu'elle avait envers l'Algérie depuis plusieurs générations. Le consul a eu de la chance d'avoir affaire au Dey d'Alger parce que s'il avait dû cette somme à Poutine, il aurait fini traîné sur 17 kilomètres attaché à un 4 × 4, et en plus on lui aurait facturé les sangles. Bref, pour régler le souci, ils ont colonisé l'Algérie : comme tu peux pas te devoir de l'argent à toi-même, bah, si l'Algérie devient française, la dette est effacée. Malin, non ?

LA TUNISIE

Raison officielle

Régler une guerre impitoyable entre deux ethnies à la frontière algérienne : la tribu algérienne des Ouled Nhar et la tribu tunisienne des Kroumirs, car ce conflit pourrait déstabiliser le pays et faire des millions de victimes innocentes.

Raison officieuse

Profiter d'une petite dispute entre deux ethnies inconnues pour envoyer 40 000 hommes envahir la Tunisie qui devait beaucoup d'argent à la France et faire plaisir à Jules Ferry qui voulait une petite darbouka.

L'AFRIQUE OCCIDENTALE FRANÇAISE

LA CÔTE D'IVOIRE

Raison officielle

Bah ! Aider les Ivoiriens à devenir la meilleure version d'eux-mêmes ! Quoi d'autre ?

Raison officieuse

Permettre à Gabriel Louis Angoulvant, fierté de la colonisation française, major de promo de l'École coloniale française (oui, oui, il y avait des écoles de colonisation, et lui, bah, c'était le meilleur élève), de mettre en pratique ses talents de pédagogue et de pouvoir exprimer tout cet amour qu'il a pour son prochain : *« Je désire qu'il n'y ait désormais aucune hésitation sur la ligne politique à suivre. Cette ligne de conduite doit être uniforme pour toute la colonie. Nous avons deux moyens de la mettre en pratique : ou attendre que notre influence et notre exemple agissent sur les populations qui nous sont confiées ; ou vouloir que la civilisation marche à grands pas, au prix d'une action… J'ai choisi le second procédé. »* Traduction : « Est-ce qu'on attend que les bamboulas arrivent à nous copier, mais ça risque de mettre 400 ans, ou est-ce qu'on leur met quelques patates, histoire que ce soit réglé avant Noël ? »

Il est à noter qu'on sent une certaine conscience s'éveiller chez ce haut fonctionnaire. Si on peut remarquer qu'il n'a pas confiance en la capacité de ces sous-êtres humains à se développer vite, nous pouvons quand même le féliciter de se poser la question – ce qui n'était pas le cas de ses prédécesseurs.

LE BÉNIN (ANCIENNEMENT DAHOMEY)

Raison officielle

Le Bénin, qui avait pourtant totalement accepté la colonisation et la protection françaises, n'a cessé de harceler et d'attaquer le protectorat français, qui s'est simplement défendu. Pour preuve, cet article de 1890 dans la *Revue des Deux Mondes* : « *La France a vécu longtemps en paix sur cette côte, établie dans le petit poste de Cotonou, exerçant une sorte de protectorat sur le petit État de Porto-Novo, entretenant des relations, consacrées par des traités, avec le royaume plus vaste du Dahomey, qui s'étend à l'intérieur. On ne parlait guère du Dahomey, lorsqu'il a plu à ce petit potentat nègre, qui se livre à des sacrifices humains dans son royaume et à une armée fantastique d'amazones, de se jeter sur nos possessions, de renier ses traités, de contester nos droits, notre protectorat à Porto-Novo. La France s'est bornée d'abord à temporiser, en repoussant toutefois les agressions des bandes armées qui ont assailli nos postes. Elle a eu même la condescendance d'envoyer dans la capitale du Dahomey, à Abomey, le gouverneur de nos possessions, qui a été berné, humilié et n'a rien obtenu. La guerre a recommencé, avec tout son cortège de pillages, d'incendies, de razzias, enlevant femmes, vieillards, enfants, destinés à d'horribles holocaustes. C'est alors que le gouvernement français s'est cru obligé de prendre des mesures plus énergiques. Il avait envoyé déjà quelques compagnies de tirailleurs sénégalais qui, sous un vigoureux officier, se sont bravement conduits. Ces jours derniers, il vient d'expédier une petite escadre, pour appuyer la défense de nos postes et mettre le blocus devant la côte des Esclaves, de façon à interdire les débarquements d'armes. Un premier pas est donc fait dans la voie des opérations de guerre. Que fera-t-on maintenant ? »*

Raison officieuse

Ils n'avaient rien accepté du tout, donc on a dû les abattre en utilisant des tirailleurs sénégalais – la guerre est suffisamment triste comme ça pour en plus prendre le risque d'y faire mourir des Blancs.

Le Sénégal

Raison officielle

Libérer ce peuple de la tyrannie qu'il s'inflige à lui-même, par l'acceptation, l'amour et la compréhension de la douce main coloniale tendue vers eux.

Raison officieuse

Créer une réserve d'esclaves et une armée de tirailleurs sénégalais, histoire de convaincre efficacement les autres peuples africains de saisir la douce main coloniale tendue vers lui.

Le Burkina Faso

Raison officielle

Tendre la main à notre prochain pour l'aider à s'élever, quelle que soit sa couleur de peau, car tous les hommes, noirs ou blancs, sont égaux.

Raison officieuse

Recruter des hommes pour les intégrer aux tirailleurs sénégalais, même s'ils sont burkinabés, et sans changer le nom de l'armée, car tous les hommes noirs sont égaux entre eux.

Le Tchad

Raison officielle

Aider ce grand peuple à se réaliser, en colonisant avec la plus grande humilité, dans l'abnégation et le désintérêt le plus total.

Raison officieuse

Aucune. Malheureusement, on s'est vite rendu compte qu'on ne pouvait rien faire au Tchad à part aider ce grand peuple à se réaliser, en colonisant avec la plus grande humilité, dans l'abnégation et le désintérêt le plus total. Du coup, on s'est cassés.

Le Mali

Raison officielle

Fraterniser avec un autre peuple pour partager ses connaissances, sa culture, ses différences, pour évoluer ensemble, et mettre en place un système de commerce honnête et juste.

Raison officieuse

S'exercer au système de commerce dit de « pacotille », ce qui, *grosso modo*, revient à échanger six esclaves contre une chaussette.

Le Niger

Raison officielle

Le fameux « altruisme anglais », qui n'est plus à prouver, profitait déjà au Nigéria. Nous nous sommes donc dépêchés d'aller conquérir le Niger (au nord du Nigéria) pour donner nous aussi de notre personne et soulager nos amis anglais qui ne pouvaient pas faire le bien partout à la fois.

Raison officieuse

Se dépêcher d'aller choper le Niger avant les Anglais pour se rendre compte que ni les Anglais ni personne ne voulaient coloniser ce pays, parce qu'il était déjà colonisé par le désert et qu'il fait 50 °C en été et 50 °C en hiver.

LA MAURITANIE

Raison officielle

Aider, développer, bla-bla-bla…

Raison officieuse

Parce qu'on passait par là !

LA GUINÉE

Raison officielle

Développer des infrastructures, des routes et un port, pour aider les Guinéens à exploiter leurs richesses.

Raison officieuse

Développer des infrastructures, des routes et un port, pour aider à exploiter les Guinéens.

Il est à noter que lorsque les Guinéens se sont montrés désireux de récupérer leur indépendance, la France, heureuse et fière de voir ses petits oiseaux quitter le nid pour voler de leurs propres ailes, leur a donné un dernier coup de pouce en détruisant les institutions françaises et en coupant tous ses investissements vers la Guinée. Ainsi le souhait de la Guinée d'accéder à une indépendance totale est respecté !

LE CONGO

<u>*Raison officielle*</u>

Humanisme, humanisme, humanisme et don de soi.

<u>*Raison officieuse*</u>

Sucre, caoutchouc, ivoire et bois précieux.

LA RÉPUBLIQUE CENTRAFRICAINE

Raison officielle

Combattre le cannibalisme, la polygamie et l'esclavage.

Raison officieuse

Importer la culture africaine pour en faire profiter la France, en exposant à Paris des « cannibales » dans des cages. Combattre la polygamie en expliquant que, grâce à Jésus et au christianisme, ils pourront se contenter d'une seule femme ou d'un seul enfant. Interdire l'esclavage en le remplaçant par une pratique morale, moderne et très respectueuse, répandue dans toute l'Afrique depuis l'abolition de l'esclavage : la capitation !

Capitation : *« La juste rétribution des efforts du colonisateur, l'application normale du droit absolu d'obliger les populations noires, auxquelles il apporte la paix et la sécurité, à contribuer dans la mesure de leurs moyens aux dépenses d'utilité générale*. »*

* Catherine Coquery-Vidrovitch, *L'Afrique occidentale au temps des Français. Colonisateurs et colonisés (1860 - 1960)*, La Découverte, 1992.

VOUS POUVEZ FAIRE DES MOUVEMENTS PLUS AMPLES ! LES CHAÎNES, ÇA VOUS GÊNAIT POUR POSER LES POUTRES ?
MAIS C'EST QUOI LA DIFFÉRENCE ?
BORDO

DJIBOUTI

Raison officielle

Construire un grand port, afin de transformer Djibouti en terre d'accueil, d'échange et de convivialité.

Raison officieuse

Créer un port sympa où les colons peuvent s'arrêter, pour se taper une bière, une blanquette et une pute avant de retourner coloniser ailleurs.

MADAGASCAR

Raison officielle

Se réjouir des différences que nous offre le monde, et mettre sous protectorat ce lieu magique et ce peuple précieux, afin que jamais il ne soit sali ni dénaturé.

Raison officieuse

Exploiter le peuple et les ressources du pays, entre autres le charbon, parce qu'en Afrique il fait vachement beau, et comme on possède presque la moitié du continent et qu'on fait pas mal de barbecue, bah, on commence à être ric-rac.

* Anecdote état civil

Lorsque l'officier d'état civil demande : « Quel est votre nom de famille ? », la personne répond avec son prénom (par exemple, Huguette) et ajoute « *Izany sy* » (ce qui signifie « C'est tout »), soit en fait : « Huguette, c'est tout. » L'officier d'état civil, qui ne comprend pas la langue malgré son intelligence supérieure, note « Huguette Zansi ».

Il y a donc eu des milliers de Zansi à Madagascar. Ce phénomène se retrouve dans de nombreux pays colonisés, car les colons ne voyaient pas de raison de s'intéresser aux langues locales qu'ils comparaient parfois à des cris d'animaux.

LES ÎLES PARADISIAQUES (PETITES MERDOUILLES)

ÎLE MAURICE – MAYOTTE – LA RÉUNION – LES SEYCHELLES – LES COMORES

Raison officielle

L'amour de son prochain et le désir de créer un monde sans frontières et sans jugement.

Raison officieuse

Bah, putain, c'est hyper beau ! Si on dégage les sauvages de là, on aura de la place pour mettre des transats.

ASIE DU SUD

L'INDE (PONDICHÉRY NOTAMMENT)

Raison officielle

Procurer au royaume l'utilité du commerce des Indes et empêcher que les Anglais et les Hollandais en profitent seuls.

Raison officieuse

Procurer au royaume l'utilité du commerce des Indes et empêcher que les Anglais et les Hollandais en profitent seuls.

Y a des moments à cette époque-là (1664), on ne se prend pas la tête à cacher quoi que ce soit aux gens. D'autant qu'il n'y a pas encore Twitter à cette époque, donc aucun risque de se retrouver en Top Tweet avec le hashtag #LACOLONISATIONCESTUNPEUA-BUSER ou #WTFPONDICHERY.

Extrême-Orient

La Cochinchine (Sud Vietnam)

Raison officielle

Tenter de faire cesser les persécutions catholiques qui se multiplient de manière scandaleuse en Cochinchine, et notamment punir la décapitation d'un prêtre espagnol que nous aimions beaucoup.

Raison officieuse

On ne connaît pas ce type, et de toute façon qu'est-ce qu'il foutait là-bas ? À faire chier le monde avec Jésus, c'était certain qu'il allait lui arriver des bricoles. Mais comme on n'avait pas de raison officielle pour coloniser, on a trouvé celle-là. En fait, c'est juste que nos curés, nos industriels et nos militaires mettent la pression pour qu'on s'installe, histoire de taper dans le gâteau avant que les Anglais aient tout pillé.

Le Laos

Raison officielle

Créer un lien commercial entre la vallée supérieure du Mékong, le protectorat du Cambodge et la Cochinchine, afin que tout ce bonheur soit équitablement partagé… mais surtout protéger le Laos des pirates qui pillent les richesses de ce peuple.

Raison officieuse

Piller le peuple et envoyer leur part aux copains.

LE CAMBODGE

Raison officielle

Faire découvrir aux Cambodgiens la religion chrétienne, afin qu'ils puissent bénéficier d'une paix intérieure et d'une place au paradis, et le tout sans frais… mais surtout aider le pauvre roi démuni Norodom 1er, pris en étau entre le royaume du Siam et celui d'Annam. (Je n'ai aucune idée de ce que je raconte...)

Raison officieuse

Évangéliser l'Asie parce que… Bah, parce que ! Et dégager cette tapette de roi qu'arrête pas de chialer pour pouvoir s'installer tranquille en le faisant passer pour mourant. Paul Doumer se rendra compte de la supercherie et, heureusement, s'empressera de ne rien faire… et on a pu continuer nos trucs peinards.

LE TONKIN (NORD VIETNAM) ET ANNAM (CENTRE VIETNAM)

Raison officielle

Aider le pays à se structurer d'un point de vue gouvernemental, en allant même jusqu'à instaurer dans certaines régions le suffrage universel, et développer les richesses du pays et l'emploi grâce à l'exploitation des richesses du sol.

Raison officieuse

Hey, le Jaune ! Pousse-toi, tu gênes la grue ! Si tu nous aides à creuser, je te file une pièce.

L'INDOCHINE

(TERRITOIRE COMPOSÉ DU CAMBODGE, DU LAOS, DU VIETNAM, DE LA BIRMANIE ET DE LA THAÏLANDE)

Raison officielle

Apporter la joie et évangéliser l'Indochine, pour que l'amour de Jésus puisse pénétrer dans le cœur des Asiatiques.

Raison officieuse

Vendre des trucs et construire des églises, pour que Frédéric Mitterrand et Gérard Louvin puissent aller se confesser en repartant de Phuket.

Océanie

La Nouvelle-Calédonie

Raison officielle

Punir les monstres qui, en 1850, massacrèrent à Yenghebane, dans le nord de la Grande Terre, plusieurs officiers et hommes d'équipage français, venus gentiment étudier la possibilité de l'installation d'un bagne sur place. Et au vu de ce qui s'est passé, une prison était effectivement la bienvenue.

Raison officieuse

Le bagne de Cayenne étant trop chaud, les Français cherchent un endroit au climat plus doux pour améliorer les conditions de vie des gardiens, parce que voir des mecs casser des cailloux quand il fait 50 °C, c'est franchement fatigant.

Anecdote

Comme les Français remplissent l'endroit de prisonniers, de bagnards et de résidents d'hôpitaux psychiatriques, bah, ça part un peu en cacahouète. Et puis ils ont oublié de faire venir des femmes, donc les mecs s'arrangent entre eux. Alors, quand on connaît le point de vue des colons sur les indigènes, je te laisse imaginer ce qu'ils pensent de l'homosexualité. Du coup, ça nous donne de jolis articles de presse empreints d'intelligence et d'ouverture d'esprit…
« Avec un peu de travail et de conduite, les déportés de bonne volonté eussent pu se procurer en Nouvelle-Calédonie un certain bien-être, y devenir à leur tour propriétaires de terres et de fermes. Mais eussent-

ils pu s'y créer une famille ? Nous n'osons l'affirmer, car les femmes y manquent. Qu'on le sache bien au ministère de la Marine : le développement de la Nouvelle-Calédonie, la morale surtout, bien plus qu'il ne nous est possible de l'indiquer ici, exigent qu'on dirige en masse sur Nouméa tout le personnel féminin de nos prisons. Le soufre et le feu qui détruisirent Sodome et Gomorrhe seraient à peine suffisants pour purifier la Nouvelle-Calédonie de ses souillures. Les hommes justes, qui, hâtons-nous de le dire, se trouvent à Nouméa en plus grand nombre que dans les deux villes maudites, ne nous contrediront pas. »

La Polynésie française

Raison officielle

L'amour du tourisme et le désir d'accrocher des crucifix sur les murs, parce que c'est très joli.

Raison officieuse

Y a un colon qui est passé par là un peu par hasard. Il a gueulé : « C'est à nous » sans que sa hiérarchie soit au courant, et personne ne l'a contredit : alors on est restés. Comme quoi, de temps en temps la vie sait nous faire des cadeaux !

Antarctique

La terre Adélie

Raison officielle

Découverte par Jules Dumont d'Urville, par hasard. Il l'a appelée « terre Adélie » parce que sa meuf s'appelait Adèle.

Raison officieuse

On ne sait pas, ça ne sert à rien. Peut-être que Dumont d'Urville voulait juste faire plaisir à sa meuf. Heureusement qu'elle s'appelait pas Monique parce que la Terre à Monique, ça a quand même moins de gueule.

Anecdote

Petit conflit avec les USA qui disent que c'est aussi un peu à eux. Mais le conflit n'est pas très violent, car en vrai on s'en bat un peu les couilles de là-bas parce qu'y a rien à part de la neige. On a quand même mis un chef français, qui est chef de personne… mais du coup ça se passe bien.

LE NOIR ET LES LUMIÈRES

J'ai voulu éviter toute stigmatisation subjective de cette période coloniale, en rendant hommage à ces grands hommes qui se sont élevés contre l'esclavage.

Diderot

Penseur des Lumières, qui donne son nom à des collèges et lycées, et à une station de métro parisienne (Reuilly-Diderot).

« [...] Aucun homme n'a reçu
de la nature le droit
de commander aux autres [...] »

Bon, il a aussi dit ça, mais il s'était pas relu :

« Quoique, en général les Nègres aient peu d'esprit, ils ne manquent pas de sentiment. »

BORKOO

Voltaire

Penseur des Lumières, qui donne son nom à des collèges et lycées, et à une station de métro parisienne.

« Nous leur disons qu'ils sont hommes comme nous [...] et ensuite on les fait travailler comme des bêtes de somme ; on les nourrit plus mal : s'ils veulent s'enfuir, on leur coupe une jambe [...] ; après cela nous osons parler du droit des gens ! »

Bon, il a aussi dit, mais c'était tard, il était fatigué :

« Les Blancs sont supérieurs à ces Nègres, comme les Nègres le sont aux singes, et comme les singes le sont aux huîtres. »

Rousseau

Penseur des Lumières, qui donne son nom à des collèges et lycées.

« Le droit de l'esclavage est nul, non seulement parce qu'il est illégitime, mais parce qu'il est absurde et ne signifie rien. »

Bon, il a aussi dit ça à son pote Mercier qui nous raconte cette anecdote, mais à prendre avec des pincettes car il avait tendance à en rajouter :

« Un jour, j'accompagnais Jean-Jacques Rousseau le long des quais : il vit un Nègre qui portait un sac de charbon ; il se prit à rire, et me dit : "Cet homme est bien à sa place, et il n'aura pas la peine de se débarbouiller ; il est à sa place ; oh ! si les autres y étaient aussi bien que lui ! " Et je le vis rire encore, et suivre de l'œil le nègre charbonnier. »

(Louis-Sébastien Mercier, *Tableau de Paris*, volume 9)

Charles de Gaulle

Militaire et homme politique français, qui donne son nom à des collèges et lycées, à une station de métro, une place parisienne, d'innombrables rues et un aéroport...
Pas trop dans les Lumières, mais on voulait en remettre une couche pour faire chier les gaullistes.

LORSQUE DE GAULLE RÉCLAME UNE PAUSE DE NÈGRES

« Vous savez, cela suffit comme cela avec vos Nègres. Vous me gagnez à la main, alors on ne voit plus qu'eux : il y a des Nègres à l'Élysée tous les jours, vous me les faites recevoir, vous me les faites inviter à déjeuner. Je suis entouré de Nègres, ici. [...] Et puis tout cela n'a aucune espèce d'intérêt ! Foutez-moi la paix avec vos Nègres ; je ne veux plus en voir d'ici deux mois, vous entendez ? Plus une audience avant deux mois. Ce n'est pas tellement en raison du temps que cela me prend, bien que ce soit déjà fort ennuyeux, mais cela fait très mauvais effet à l'extérieur : on ne voit que des Nègres, tous les jours, à l'Élysée. Et puis je vous assure que c'est sans intérêt. »

(Entretien avec Jacques Foccart, 8 novembre 1968, cité dans ses *Mémoires*, tome II)

BOUKOO

Quand Larousse nous offrait son savoir pour que plus jamais nous ne soyons dans l'erreur

LAROUSSE DU XIXe SIÈCLE (1866-1876), PIERRE LAROUSSE

Définition du mot « nègre »

« Lorsque les Nègres sont échauffés, il se dégage de leur peau une exsudation huileuse et noire qui tache le linge et répand une odeur désagréable. Les Foulahs puent tellement que les lieux où ils ont passé restent imprégnés de leur odeur pendant plus d'un quart d'heure. »

« La structure anatomique […] rapproche le Nègre de l'orang-outang presque autant que du type de l'espèce blanche […]. Il n'est pas étonnant pour cette raison que quelques philosophes anatomistes aient avancé que les singes étaient la racine originelle du genre humain. »

« Le Hottentot ne parle qu'avec difficulté, surtout à cause de l'obliquité de ses dents en avant ; il glousse presque comme les coqs d'Inde, ce qui offre encore un rapport manifeste avec l'orang, qui jette des gloussements sourds, à cause des sacs membraneux de son larynx où sa voix s'engouffre. »

« Dans l'espèce nègre, le cerveau est moins développé que dans l'espèce blanche […] ; ceux-ci paraissent avoir en plus ce que l'intelligence possède en moins. En effet les Nègres ont l'ouïe, la vue, l'odorat, le goût et le toucher bien plus développés que les Blancs. Pour les travaux intellectuels, ils ne présentent généralement que peu d'aptitude, mais ils excellent dans la danse, l'escrime, la natation, l'équitation, et tous les exercices corporels. Dans les danses, on les voit agiter à la fois toutes les parties du corps ; ils y trépignent d'allégresse et s'y montrent infatigables. Ils distinguent un homme, un vaisseau, à des distances où les Européens peuvent à peine les apercevoir avec une lunette d'approche. Ils flairent de très loin un serpent […]. Le bruit le plus faible n'échappe point à leur oreille. Aussi les Nègres […] fugitifs savent très bien découvrir de loin et entendre les Blancs qui les poursuivent. »

« Mais parce qu'ils sentent beaucoup, ils réfléchissent peu. »

« Le son du tam-tam, le bruit de quelque mauvaise musique les fait tressaillir de volupté. Une chanson monotone prise au hasard les amuse pendant des journées sans qu'ils se lassent de la répéter; elle les empêche même de s'apercevoir de la fatigue; le rythme du chant les soulage dans leurs travaux, et un moment de plaisir les dédommage d'une année de souffrances. »

« Le passé et l'avenir ne sont rien à leurs yeux, aussi leurs chagrins sont-ils passagers. »

« Les mamelles des Négresses sont grosses et fort longues, si bien qu'elles peuvent les replier par-dessus les épaules et allaiter ainsi les enfants qu'elles portent sur leur dos. Les Négrillons se cramponnent à leurs mères de manière que celles-ci peuvent se livrer au travail sans s'inquiéter de leurs nourrissons. »

« Les mères sont d'excellentes nourrices, et les Blancs n'hésitent pas à leur donner leurs enfants à nourrir. Leur lait est extrêmement blanc; mais leurs nourrissons de l'espèce blanche prennent toujours des yeux et des cheveux très noirs, lors même que leurs parents sont blonds. »

« C'est en vain que quelques philanthropes ont essayé de prouver que l'espèce nègre est aussi intelligente que l'espèce blanche. Quelques rares exemples ne suffisent point pour prouver l'existence chez eux de grandes facultés intellectuelles [...]. Ils ont le cerveau plus rétréci, plus léger et moins volumineux que celui de l'espèce blanche, et comme dans toute la série animale, l'intelligence est en raison directe des dimensions du cerveau. »

« Cette supériorité intellectuelle [...] donne-t-elle aux Blancs le droit de réduire en esclavage la race inférieure ? Non, mille fois non. Si les Nègres se rapprochent de certaines espèces animales par leurs formes anatomiques, par leurs instincts grossiers [...], ils se rapprochent des hommes blancs sous d'autres rapports. [...] Nous pouvons essayer de les élever jusqu'à nous, certains d'y réussir dans une certaine limite [...]. Leur infériorité intellectuelle, loin de nous conférer le droit d'abuser de leur faiblesse, nous impose le devoir de les aider et de les protéger. »

Lorsque j'ai voulu acheter les photos suivantes auprès de l'Achac, un organisme de recherches sur la question coloniale, post-coloniale, etc., je me suis heurté au refus que voici :

De : achac [mailto: t@achac.com]
Envoyé : vendredi 4 août 2017 10:07
À : c ,om
Objet : RE: Pour le livre de Jérémy Ferrari

Bonjour

Nous venons de faire un point sur votre demande avec le comité scientifique du groupe de recherche Achac.

Malheureusement, au vu du sujet que les photos abordent, il nous paraît essentiel de proposer une légende scientifique et historique. En effet, nous tenons à expliquer les images avec des légendes claires et précises afin d'éviter toute ambiguïté. Cette volonté nous paraît peu compatible avec le travail de l'auteur que nous respectons par ailleurs.

Je suis navrée mais nous ne souhaitons donc pas contribuer à ce projet. Sachez cependant que vous pouvez vous procurer certaines photos sur les zoos humains auprès d'agences photo comme docpix, par exemple.

Je vous remercie de votre compréhension et vous souhaite de bonnes vacances.

Bien cordialement

J'ai donc moi-même réuni le comité scientifique du groupe de recherche Happy Hour à Mossoul qui a conclu que les légendes que j'avais écrites étaient vachement appropriées.

Cher Achac, je suis navré de vous apprendre que vous allez donc contribuer malgré tout à ce projet !

QUAND L'OUVERTURE D'ESPRIT SE MET AU SERVICE DE L'ART ET DU DIVERTISSEMENT...

LES ZOOS HUMAINS

© DR

© Kharbine Tapabor

Vous remarquerez que le photographe a pris le risque d'entrer dans l'enclos pour prendre les photos.

Quand le Jardin d'acclimatation de Paris n'accueillait pas que des chèvres...

© DR

Le zoo Edmond Pezon proposait de découvrir toutes sortes d'espèces exotiques !

© DR

Quand les Belges reproduisaient parfaitement le milieu naturel des Sénégalais : le bassin du « village sénégalais ». (Exposition universelle de Liège, carte postale, héliotypie, 1905.)

© DR

SPECTACLES

Quelle émotion pour moi d'avoir foulé les mêmes planches que les Zoulous et les Grâces tigrées !

À l'Olympia

© DR

© DR

Aux Folies Bergère

ET POUR FINIR, UNE PAGE DE PUBLICITÉ !

JAVEL
S.D.C
Avec JAVEL S. D. C. pour blanchir un nègre on ne perd pas son savon.
JAVEL S. D. C. est au départ de nos usines conforme aux prescriptions du service de la répression des fraudes.
BLANCHISSAGE DU LINGE
Le linge lessivé et rincé doit être mis tremper 2 ou 3 heures dans JAVEL S. D. C. étendue 12 fois son volume d'eau. Rincer ensuite.
DÉSINFECTION ET ANTISEPTIE :
Laver tous les objets avec JAVEL S. D. C. étendue d'eau. Rincer ensuite.
TENIR DEBOUT ET A L'OBSCURITÉ
MAGASINS GÉNÉRAUX : BÉRARD, St-ÉTIENNE
TÉLÉPH. 48-10-48-15

EL S. D. C.
achir un nè-
ne perd pas
on.
S. D. C. est au
de nos usines
me aux pres-
ons du service
a répression des
des.
LANCHISSAGE
DU LINGE
Le linge lessivé
et rincé doit être mis tremper 2
3 heures dans JAVEL S. D. C.
fois son volume d'eau.

MACRON REÇOIT CHALEUREUSEMENT LE PRÉSIDENT DU VIETNAM À L'ÉLYSÉE
J'AI LAISSÉ UNE JAMBE LÀ-BAS QUAND CE PETIT CON ÉTAIT ENCORE DANS LES COUILLES DE SON PÈRE

Guerres d'Asie

Guerre d'Indochine puis du Vietnam

Bon alors on ne va pas se mentir, essayer de conserver les territoires asiatiques, c'était pas la meilleure idée qu'on ait eue.

Depuis 1887, la France a installé un protectorat sur l'Indochine (qui correspond aux actuels Vietnam, Laos et Cambodge), mais à la fin de la Seconde Guerre mondiale, la France est pas hyper en forme, parce que ces salopards d'Allemands, quand ils partent de chez toi, faut pas compter sur eux pour t'aider à ranger le bordel. Donc les Viêt Minh (mouvement communiste) vont profiter du fait que la France est débordée, occupée à agrandir les cimetières et à trouver des maçons, pour tenter de récupérer le pays par un moyen efficace mais pas très altruiste : « la guérilla ».
Le général de Gaulle, fidèle à sa passion du « non ! à distance », décide de résister par la force et de tout faire pour conserver ces territoires. Il envoie l'héroïque armée française (en réalité, il racle les fonds de tiroirs parce que l'héroïque armée française, soit elle est morte, soit il lui manque un ou deux membres). Comme quoi le système qui consiste à buter quelqu'un qui ne veut pas que tu le protèges n'est pas l'invention de la Mafia sicilienne.

Alors, envoyer de l'aide, oui, mais qui ? Parce que, après la Seconde Guerre mondiale, on va pas se mentir, on ne sent pas un engouement énorme à l'idée d'aller faire du corps à corps au couteau avec un Vietnamien dans un marécage au Laos.
On lance donc des campagnes d'affichage pour faire savoir aux jeunes que si tu as envie de devenir un chef et de voyager, bah t'as une autre option que devenir chef de village au club Med de Hammamet Tunis.

© DR

Le général de Gaulle lui-même nous fait une tentative de création d'affiche. On appréciera l'effort d'implication...

© Rue des Archives

© DR

Sur celle-ci, on t'informe que pour 10 balles seulement, si tu veux, tu peux carrément faire partie d'un club de mecs qui voudraient bien que l'Indochine soit prospère dans la paix. Alors j'ai pas toutes les infos, mais je pense qu'avec les 10 balles t'as une carte plastifiée et le mercredi, à mon avis, on se réunit et on débat entre mecs qui veulent que l'Indochine soit prospère dans la paix.

– L'Indochine serait pas mieux prospère dans la paix?

– Bah, évidemment! Il faudrait qu'ils soient prospères, un peu...

– Bah, pour ça, faudrait la paix...

– Évidemment!

– Bon bah voilà, à mercredi prochain.

Etc.

Pour que
l'Indochine soit
Délivrée
et prospère
dans la
Paix
Adhérez à
L'ASSOCIATION NATIONALE
pour L'INDOCHINE
FRANÇAISE
COTISATION
10F

VOUS FAITES QUOI AVEC CET ARGENT POUR L'INDOCHINE PROSPÈRE DANS LA PAIX ?
BAH... ON ACHÈTE ÇA !
10 FRANCS POUR L'INDOCHINE PROSPÈRE DANS LA PAIX

Côté opinion publique, on peut se référer à un sondage réalisé par l'Ifop, donc très certainement faux, mais je vous invite à faire comme d'habitude et à ne pas remettre en cause les informations que l'on vous donne.

En 1945, à la question « Quel sera le sort de l'Indochine ? », un quart des Français « n'a strictement rien à répondre ».

En janvier 1948, à la question « Quels ont été les grands évènements de 1947 ? », la guerre d'Indochine est si peu citée (environ 6 %) que l'Ifop classera cette guerre dans la rubrique « Divers ».

En 1954, alors que beaucoup d'historiens considèrent Diên Biên Phu comme l'un des évènements les plus marquants du siècle, 77 % des Français avouent leur manque total ou partiel d'intérêt pour les combats d'Extrême-Orient.

En 1949, 52 % des Français se déclarent sans honte indifférents à ce qu'il se passe outre-mer, 53 % des Français se révèlent incapables de fournir une définition correcte de l'Union française, 32 % avouent n'avoir aucune information sur elle, et 19 % ne peuvent pas citer le moindre territoire d'outre-mer.

Je pense qu'on peut donc aisément résumer ce sondage par : « **La guerre d'Indochine, tout le monde s'en bat les couilles.** »
Une rumeur prétend même qu'un sondage de l'Ifop montre que les sondeurs de l'Ifop ne comprennent pas l'intérêt de faire des sondages sur l'Indochine.
Et vous allez pouvoir vous rendre compte que, quand l'homme est habité par une grande cause, comme celle d'apporter à l'Indochine « la paix dans la prospérité », eh bien, il est capable de pardonner et de laisser une seconde chance.

Constitution de nos troupes

– Allemands (parfois d'anciens SS), qui préféraient peut-être mourir à côté d'un panda plutôt que mourir à coup sûr dans une prison française.
– Africains, comme quoi on a bien fait de coloniser l'Afrique, ça sert toujours.
– Marocains berbères, comme quoi on a bien fait de coloniser l'Afrique, ça sert toujours.
S'ajoutent à cela quelques volontaires français, motivés par le fait de vivre (je cite) « une belle aventure ».
Cette petite bande de joyeux lurons est donc envoyée à 9000 kilomètres de là pour aller défendre la grandeur de la France, ou la liberté. Enfin, un truc dans le genre. Dans tous les cas, un truc chouette.
Alors, sur place, les préparatifs vont bon train et tout le monde fait le maximum pour que nos troupes françaises ne se déplacent pas pour rien et vivent une expérience inoubliable. Premier contact avec le pays : un superbe climat, une faune et une flore vraiment inoubliables – des jungles considérées comme les plus dangereuses du monde, des animaux du type tigre ou « serpent deux pas » parce que quand il t'a mordu, tu fais deux pas et t'es mort. Bref, un terrain de jeu idéal pour nos troupes qui devraient, comme elles le souhaitent, vivre « une belle aventure ».

Petit point important : les combattants viets vont quelque peu dépoussiérer les « règles classiques de la guerre » en proposant à la place « pas de règles du tout ». Ça semble simple, mais fallait y penser.
Donc, tout est permis : tu peux taper dans les couilles, tirer les cheveux, insulter la mère du mec, etc.

Je vous propose de découvrir ce joli moment d'histoire en me concentrant sur deux guerres de la France en Indochine. La première bataille : Cao Bang, et la dernière : Diên Biên Phu. Pour les puristes qui ne seraient pas d'accord avec le fait que la bataille de Cao Bang ne serait pas la première, veuillez vous rendre page 250, au numéro 3 de l'« Index puristes ».

L'empereur jaune qui voulait devenir rouge.

Si tu veux entendre cette merveilleuse histoire racontée par l'humoriste Jérémy Ferrari, rends-toi avec ta maman, ton papa ou ton tuteur légal sur www.jeremyferrari.fr/happyhour

Il était une fois dans une contrée très très lointaine un empereur que l'on nommait Hô Chi Minh.

Hô Chi Minh était un petit homme doux et toujours de bonne humeur ! Même quand il ne riait pas, ses yeux semblaient sourire. Il aimait très fort son royaume et ses sujets auxquels il était entièrement dévoué, même s'il savait parfois s'accorder du temps pour s'adonner à ses deux passions : le kart et le badminton.

Les autres peuples de la terre enviaient et admiraient son royaume, tant il était beau et différent du reste du monde.

La France, emportée par l'arrogance naïve de sa jeunesse, n'avait pas hésité à venir s'installer dans le royaume sans vraiment y avoir été invitée. Mais la sagesse de l'empereur Hô Chi Minh était grande et il avait accueilli les Français à bras ouverts, s'efforçant d'ignorer leurs petites maladresses de savoir-vivre.

Les Français aimaient faire remarquer à leur ami Hô Chi Minh sa couleur si différente de la leur. Ils aimaient à l'appeler, non sans une pointe de taquinerie, « le jaune ».

Cela faisait beaucoup rire Hô Chi Minh qui aimait cette couleur et la portait fièrement. Après tout, c'est celle du soleil, des œillets, et de l'hépatite C.

Mais un matin, le sommeil du palais et le silence de l'aube furent brisés par les hurlements de l'empereur. Le palais trembla, comme frappé par des éclairs. L'empereur jaune, totalement nu, sautillait en se griffant le visage ! « Je ne veux plus être jaune, je veux être rouge ! Rouge ! Rouge ! », s'égosillait-il.

Cette décision de l'empereur inquiétait beaucoup ses amis français. Non seulement ils aimaient sa teinte jaune, mais ils redoutaient terriblement la couleur rouge. Ils en avaient très peur : le rouge est la couleur du sang, et de la tenue de scène d'Anne Roumanoff. Tout cela ne pouvait rien présager de bon, mais impossible de faire changer d'avis l'empereur !

« C'est décidé : à partir de maintenant, je suis rouge ! »

C'était donc trop tard. La couleur rouge avait commencé à se mélanger à la couleur jaune de l'empereur qui, avec tous ces mélanges, arborait maintenant une couleur orange vif (couleur obtenue en mélangeant du jaune et du rouge).

Très vite, le gentil Hô Chi Minh perdit toute bienveillance envers ses amis français, et il leur rappela avec fermeté qu'ils étaient chez lui et qu'à ce titre il n'avait pas de leçons à recevoir. D'ailleurs, toutes les personnes ne voulant pas porter du rouge comme lui devraient partir sur-le-champ !

Les Français eurent beaucoup de chagrin en entendant ces mots de leur ami l'empereur. Ils décidèrent que, dans ce cas, il fallait le tuer.

Mais Hô Chi Minh, qui était caché dans la terrible jungle maléfique, celle dont personne ne revient jamais à part Mike

Horn et Moundir, lança alors son armée sur le magnifique petit village de Cao Bang, où l'armée française, qui n'était pas encore en guerre, pouvait profiter de l'eau cristalline, des fruits sucrés et des gentilles dames qui acceptaient d'être sodomisées pour quelques dollars seulement. L'armée d'Hô Chi Minh envahit la caserne de Cao Bang : les Viêt Minh se lancèrent sur les soldats français et les anéantirent en quelques heures.

La France alors tapa du poing sur la table : « Vous êtes vraiment méchants, méchants, méchants ! », s'exclama-t-elle. Elle ne voulait pas abandonner ce royaume, ses habitants et ces ressources qu'elle aimait tant ! « Nous allons envoyer la colonne de secours Lepage sauver les légionnaires de Cao Bang et reprendre la caserne », s'écria l'état-major.

Et c'est ainsi que les gentils Français de la colonne de secours Lepage commencèrent à préparer leur mission : protéger une contrée et un peuple qui ne leur avait rien demandé. Ils étaient un exemple de discipline, de force et d'efficacité et suscitaient l'admiration de tous. À l'image de notre France black, blanc, beur, la colonne était constituée d'hommes de pays différents, de cultures différentes, de religions différentes. Tous ces hommes étaient amis et se soutenaient dans la difficulté, pour servir la France qui juge souvent les gens, mais jamais ceux qui sont prêts à mourir pour elle ou à gagner une Coupe du monde.

Dans cette armée il y avait donc :

– les petits Français toujours prêts à raconter la fameuse histoire de la pute, du Juif et du chameau ;

– de solides et beaux Allemands, qui racontaient seulement l'histoire du Juif ;

– les courageux Arabes qui se battaient bien mais qui s'occupaient surtout des « gros travaux », car ils aimaient beaucoup beaucoup ça et le faisaient mieux que nous ;
– et les gentils Noirs, toujours de bonne humeur et qui venaient de l'Afrique pour aider la France qui avait été si gentille avec eux (voir chapitre « Colonisations françaises »).

Et hop ! et hop ! et hop ! L'armée française se prépare dans une insouciance presque joyeuse. Les uns astiquent les canons, les autres brossent les vestes. « Et où est mon chargeur ? » « Mais qui a pris ma boussole ? » La joie et l'excitation sont presque palpables dans les rangs du bataillon français qui arrive d'un pas décidé dans le petit village de Cao Bang.

Cao Bang était situé aux portes du terrifiant royaume de Chine ! Il fallait donc absolument que les soldats récupèrent la ville et la caserne que les Viêt Minh leur avaient prises !

En effet, le royaume de Chine était très grand et très inquiétant. Il faisait vraiment peur à la France, car on pouvait s'y perdre facilement. Son chef s'appelait Mao. Mais en vérité, personne de par le monde n'osait prononcer son nom tant il était redouté.

Mao était lui aussi un empereur jaune, qui depuis fort longtemps avait choisi de devenir rouge (et obèse). Tout le monde craignait la fureur de son armée. On disait que les soldats de Mao (le Gras) étaient plus nombreux que les étoiles dans le ciel un soir où c'est suffisamment dégagé pour qu'on voie bien les étoiles dans le ciel. On disait aussi qu'ils étaient très féroces, et qu'ils mangeaient des chiens vivants en commençant par les couilles.

Personne n'osait avouer la crainte qui grandissait secrètement dans l'esprit des Français et que tout le monde criait sur les toits à demi-mot à qui voulait l'entendre. Cette crainte que personne n'osait avouer et qui grandissait secrètement dans l'esprit des Français et que tout le monde criait sur les toits à demi-mot à qui voulait l'entendre était la suivante : et si Hô Chi Minh devenait l'ami du Chinois rouge en surpoids ?

Ils avaient raison d'avoir peur, car très vite Mao la Grassouille devint très ami avec le-Viet-encore-orange-mais-plus-pour-longtemps : « J'ai été jaune autrefois, mais maintenant c'est fini ! Je peux t'aider à devenir rouge si tu veux. J'ai plein de fusils, et de maîtres pour apprendre à tes soldats orange à devenir redoutables », dit Mao Bouboule à Hô Chi Minh. Les deux empereurs se serrèrent la main, celle de Mao était moite et grasse à cause d'un plat en sauce récemment consommé.

Le gras Chinois rouge transforma d'un coup de baguette magique l'armée d'Hô Chi Minh. Elle qui ressemblait jusqu'alors à une pauvre bande de gitans de Dunkerque devint en un éclair un véritable bataillon d'élite possédant une puissance de feu à faire pâlir quelqu'un qui d'habitude ne pâlirait pas facilement.

L'un des gentils soldats français qui avait tout entendu à la radio courut alors vers son supérieur pour lui confier sa peur. Il s'écria : « Capitaine, capitaine, Cao Bang c'est juste en face du royaume de Chine. Si on se retrouve face à un milliard de Chinois, il faut qu'on foute le camp ? »

Le capitaine, toujours à l'écoute de ses hommes, resta un instant silencieux puis répondit avec sagesse : « Ferme ta gueule, t'es pas là pour commenter*. » Les Français très obéissants allèrent donc mourir au combat en silence.

*** Dialogue réel tiré du témoignage d'un rescapé.**

L'immense armée orange approchait, les bruits des pas étaient si nombreux et si puissants que la terre trembla, si bien que les Français crurent d'abord à une immense armée en marche – ils ne purent pas croire à un tremblement de terre parce qu'ils voyaient l'armée approcher, en fait.

Les Viêt Minh s'élancèrent sur les soldats français, et les anéantirent en quelques heures.

Aux premières lueurs du jour, la plupart de nos gentils Français faisaient grise mine : la colonne de secours Lepage était devenue colonnette ! Le moral n'était donc pas au beau fixe parmi les soldats de notre troupe un peu déconfite. Souvent, c'est parce qu'ils étaient morts. Ça met toujours un petit coup au moral d'être mort, mais même ceux qui avaient la chance d'être encore en vie affichaient un air quelque peu bougon. Ils ramassaient les morceaux de leurs camarades, mais sans leur bonne humeur habituelle.

Et alors que plus rien ne semblait pouvoir raviver le barbecue de l'espoir, une rumeur inespérée se répandit soudain dans la colonnette Lepage, réchauffant les cœurs et soulageant les âmes, comme une rasade de lait frais au réveil après une nuit brûlante, comme la première gorgée d'un vin rouge corsé qui réconforte et enivre.

« La colonne Charton, la colonne de secours Charton arrive pour nous sauver ! Youpi ! s'écrièrent-ils. Youpi ! »

Personne n'osait y croire ! La valeureuse colonne de secours Charton, en ce moment même, marchait vers eux ! « Youpi ! »

La colonne Charton portait le nom de son chef, un brave guerrier français, solide et sûr de lui, que tout le monde admirait beaucoup.

Les amis soldats de la puissante colonne de secours Charton se mirent donc en route d'un pas lourd et vif pour aller secourir la colonne de secours Lepage. Chaque enjambée semblait les rendre plus forts, plus ardents, plus déterminés, à l'instar d'une armée grecque menée par Achille lui-même tant elle inspirait le respect et la peur ! C'est alors que les Viêt Minh foncèrent sur eux et les anéantirent en deux heures.

Pffuit ! Envolés, les soldats de la colonne Charton. Mais où étaient-ils donc passés ?

Eh bien, nos chers amis, ou ce qu'il en restait, avaient formé une colonnette de secours Charton qui faisait beaucoup de peine à regarder et qui, surtout, n'était plus du tout en état de secourir qui que ce soit d'autre, ou alors une autre colonnette de secours encore plus petite… Mais à ce niveau, ce n'est plus du sauvetage, c'est juste deux potes qui en soutiennent un troisième.

Alors, contre toute attente, car tout semblait perdu, le miracle que même les anges n'attendaient plus arriva… La colonnette Charton parvint enfin à rejoindre la colonnette Lepage, dans un grand méli-mélo ! Pif pouf, il n'était plus possible de savoir qui secourait qui. Les prêtres bénissaient vivants, morts, blessés, agonisants… Les Arabes chantaient des prières mortuaires… Bref, tout cela n'était pas rassurant-rassurant.

Des deux côtés, les hommes n'y croyaient plus. Cette mission qui avait coûté la vie à tant d'hommes et qui semblait maudite avait finalement été menée à bien. Malgré l'épuisement moral et physique, ils parvenaient à leur but.

« Tatatatatataaaa ! », hurlèrent les mitrailleuses viêt minh. Les deux colonnettes enfin réunies décidèrent immédiatement de se séparer. Leur nouvel objectif :

fuir le plus rapidement possible pour se réfugier au village de That-Khé pour rejoindre les autres militaires français, eux-mêmes en train de fuir le plus rapidement possible le village de That-Khé dans le but de fuir le plus rapidement possible le pays.

Les hommes des colonnettes Charton et Lepage, que nous pouvons désormais appeler la colonnette Charton-Lepage, se séparèrent donc par petits groupes de un pour s'enfoncer dans la jungle maléfique où *« les grenades tombent des arbres comme les pommes en Normandie* »*.

Malheureusement tout ne se passe pas toujours comme prévu dans le grand mystère de la vie, et les colonels Charton et Lepage furent faits prisonniers. Les quelques hommes encore libres ne levèrent pas les bras et décidèrent de tout miser sur la vitesse. S'ils ne pouvaient combattre les Viêts, ils pouvaient courir plus vite qu'eux ! Insufflés d'une rage de vivre défiant les lois de la fatigue humaine, les survivants coururent aussi vite que possible ! Ils coururent, le regard fixe, concentrés, sans peur, sans attente, sans douleur. Ils évitèrent, franchirent, enjambèrent cette jungle. Telles des biches insouciantes et sûres d'elles !

Leurs pas étaient si légers et si rapides qu'ils semblaient voler au-dessus du sol, comme si les dieux eux-mêmes offraient leurs paumes pour porter plus haut ces hommes qui ne demandaient qu'à vivre. Ils coururent, coururent, comme des Pégase au galop, inarrêtables et puissants. De toutes les légendes connues de ce monde, jamais des hommes n'ont couru si vite ! Mais les Viêt Minh coururent plus vite qu'eux et les anéantirent en quinze minutes.

*** Expression réelle tirée du témoignage d'un rescapé.**

Les quelques derniers survivants perdus dans la jungle se retrouvèrent sans armes, sans ordres, seuls, livrés à eux-mêmes. Alors que tout espoir semblait perdu, les yeux se tournèrent vers le colonel Constans, un homme brillant qui avait compris depuis longtemps que le seul moyen de survivre à une bataille, c'est de ne pas y aller. Force est de constater que sa technique fonctionnait ! De loin, comme le lui avait appris le général de Gaulle qu'il admirait énormément, il prit la décision d'envoyer 350 parachutistes secourir les militaires de Cao Bang, qui malheureusement n'étaient plus là depuis longtemps. À l'étonnement général, les 350 parachutistes débutants ne parvinrent pas à vaincre les 35 000 Viêt Minh qui les attendaient en bas.
Un des gentils soldats français ne put s'empêcher de le faire remarquer :
– À mon avis, c'était une grave erreur de commandement !
– Tu l'as dit, bouffi ! Le colonel Constans, fidèle à ses valeurs, n'hésita pas à s'enfuir avec ses supérieurs d'une ville qui n'était même pas attaquée, uniquement par solidarité ! Il n'hésitera pas non plus à mettre ses différends avec les Viêts de côté, leur abandonnant en guise de cadeau une grande quantité de matériel pour ne pas paraître mesquin et les féliciter de leur ténacité. Voilà un homme magnanime sur lequel nous devrions tous prendre exemple.
Dans le vol de retour vers la France, les quelques militaires qui avaient pourtant la chance d'être encore en vie semblaient quelque peu soucieux et taciturnes. Même si les derniers jours avaient été fatigants pour nos pauvres amis, il n'y avait aucune raison de

bouder ainsi ! En fait, nos petits Français craignaient de ne pas être correctement accueillis en retournant chez eux, car ils avaient entendu dire qu'en France personne ne prêtait vraiment attention à ce conflit lointain.

Nos petits hommes en armes redoutaient tout simplement l'indifférence ! Heureusement leurs craintes furent vite effacées : au moment de chercher du travail et de se réinsérer dans la vie civile, les refus, reproches et insultes les confortèrent dans l'idée que personne n'oublierait jamais leur participation à cette « belle aventure ».

Moralité

Si vous voulez vous faire un petit jaune, allez plutôt au bistrot qu'en Indochine !

RÉDACTION SCOLAIRE : DIÊN BIÊN PHU

Après la fessée rouge à Cao Bang, une autre bataille attendait les soldats français : la dernière bataille, celle de Diên Biên Phu. On dit souvent que la bataille de Diên Biên Phu est un cas d'école. Pourquoi ? Parce qu'elle résume tout ce qu'il ne faut pas faire. L'armée du général René Cogny s'est fait copieusement fumer sa gueule, avec une application qui force le respect.

Toujours dans le souci de permettre à mes plus jeunes lecteurs d'aborder ce thème rafraîchissant de la guerre d'Indochine et du Vietnam, j'ai choisi d'imaginer le général Cogny à l'école, expliquant lors d'une rédaction sa stratégie d'attaque de Diên Biên Phu. Je me suis permis d'imaginer également ce qu'aurait pu corriger le professeur.

Élève : René COGNY

Sujet de rédaction : Vous êtes général et vous devez attaquer Diên Biên Phu. Exposez en détail vos méthodes stratégiques et techniques.

~~En temps~~ tant que général, pour attaqué er Diên Biên Phu, je créerais une immense base en bas des collines dans la zone plate et dégagée afin d'avoir la place de faire décoller et atterrir les avions et pour avoir une vue d'ensemble sur les collines!

Ah bon? D'après ce que vous décrivez, c'est plutôt des collines qu'on aura une très bonne vue sur vous!

Je miserais sur les atouts de l'armée française.

~~Les Chinois~~ sont peut-être forts pour la guérilla, mais la France est la plus forte pour les batailles rangées.

Ce sont des Vietnamiens

Ah bon? Quelle guerre avez-vous gagnée?

Je créerais aussi une base offensive, pour non seulement battre l'armée ennemie, mais la poursuivre.

La poursuivre alors que vous êtes dans une cuvette, entourés de falaises et de jungle?

Un autre atout incroyable de l'armée française, c'est les avions.

Oui!

Terme familier!

Les ~~Viets~~ n'ont pas d'aviation. Alors on ~~va~~ pourrait utiliser beaucoup nos avions pour soutenir l'infanterie.

1) Diên Biên Phu est à plus de 500 kilomètres des autres bases aériennes, vos avions arriveront en bout de course et ne pourront pas être réactifs.

2) Êtes-vous certain que les Viêt Minh ne disposent pas d'armes antiaériennes, qui sont idéales justement en haut d'une colline?

Contresens!!! Nasan est beaucoup plus petit que Diên Biên Phu. Vous ne pourrez jamais faire ça!

Je disposerais également de l'artillerie autour du camp, à des distances qui leur ~~permettra~~ permettront de se soutenir, comme on avait fait à la bataille de Nasan.

Face à nous, les ~~asiats~~, QUOI? UN PEU DE RESPECT!! n'ont aucune artillerie ~~à mettre en face~~ Répétition.

Alors nous allons les bombarder partout! Où?

Et ils ne pourront pas répondre, car là-bas il est impossible d'installer quoi que ce soit (canon ou autre) dans les falaises, elles sont trop difficiles à monter, ils auront jamais le courage de monter là-haut des armes lourdes.

Ah bon? Vous basez-vous sur vos propres ressources de courage pour juger les leurs?

Même si les ~~citrons~~...?!? *Viêt Minh!*

Arrivent à installer quelque chose??

Ce ne sera pas des gros canons car dans la forêt

c'est une jungle!

c'est trop compliqué pour eux.

Quelque chose? Précisez!

Les Viêt Minh sont capables de transporter sur leur dos en pièces détachées, et d'installer quasiment en une nuit une artillerie lourde quatre fois supérieure à celle des Français...

Même si les ~~bridés~~ *Viêt Minh!!!!!!!!!!!...........*

(celle-là vous vaudra une retenue)

ont quelques petits alliés, comme les Chinois ou les

Russes ou quelques traîtres de l'armée française

comme les légionnaires, ou des ~~noirs ou des arabes~~

Attention au racisme, René!

Maghrébins ou Africains leur action sera limitée, et

leur soutien pas assez fort contre nous.

(Chinois et Russes, petits alliés? Revoyez votre géopolitique)

600 millions de Chinois, pas assez fort comme soutien? Qu'est-ce qu'il vous faut?

Comme nous allons vite écraser les Viêt Minh

(Oh!! bravo!)

les installations seront conçues le plus vite possible :

baraques en bois, pas trop de lits car on ne restera

pas longtemps *Oui, vous ne resterez pas longtemps en vie effectivement!*

Comment ça, « ça ira bien comme ça » ?

Comme nous n'avons pas de barbelés et qu'il y a eu des retards dans les commandes d'artillerie, ça ira bien comme ça.

En cas de coup dur, je ferai appel à un bataillon de parachutistes qui ~~sont~~ très forts, et surtout son chef Bigeard qui est le meilleur ET QUI EST INVINCIBLE !

Et quand ils verront nos milliers de parachutistes arriver ils auront peur et nous profiterons de leur panique pour les ~~défoncer.~~

FAMILIER. INCROYABLE !! Donc vous êtes débordés alors que vous avez de l'artillerie lourde, des avions et des milliers d'hommes, alors en renfort vous faites venir des parachutistes ? Qui ne viendront pas par milliers puisqu'un bataillon de parachutistes, c'est 300 hommes, du coup les Viêt Minh seron plus difficilement impressionnables.

En conclusion je dirai « ils ne passeront pas parce que nous sommes les plus forts » (et qu'ils savent pas faire la guerre comme nous)

Effectivement, c'est pour ça qu'ils gagneront certainement !

2/20

Que s'est-il passé?

Copie et stratégie totalement à revoir

Gros manque de travail, beaucoup de condescendance à l'égard de l'ennemi, beaucoup de prétention dans vos propos, nombreux contresens. Vous ne serez jamais en mesure de battre les Viêt Minh, et si vous tenez trois mois avec cette stratégie, ce sera le maximum.

Revoyez votre copie : services de renseignements, connaissance du terrain, connaissance des techniques ennemies, ne pas sous-estimer l'adversaire et le prendre au sérieux, infrastructures, météo, génie militaire, appréciation du risque, artillerie... L'ensemble de la copie est à revoir

Mettez-vous sérieusement au travail, ou vous courez à l'échec!

HÉROS DE DIÊN BIÊN PHU

Voici tout simplement un petit Top 3 des héros de guerre qui ont arpenté la terre de Diên Biên Phu.

MÉDAILLE DE BRONZE :
EX ÆQUO, PÉGOT ET GAUCHER, « LES AFFRANCHIS »

La toute première nuit d'affrontements, l'artillerie que personne n'attendait tue directement :
– le chef de bataillon Pégot,
– ses adjoints directs,
– le lieutenant-colonel Gaucher, commandant du sous-secteur centre.
En une nuit, l'armée n'est plus commandée !

MÉDAILLE D'ARGENT :
CHARLES PIROTH, « LE FÉBRILE »

Charles Piroth commandait toute l'artillerie française et il avait dit avec une grande confiance à l'état-major : « Mes canons de 155 pourront battre l'artillerie viêt minh sans problème ! »
Devant la violence de l'artillerie viêt minh, Charles Piroth rentre dans son abri et se suicide.

Médaille d'or : colonel Bigeard, « plus stupide que la stupidité »

Alors que Diên Biên Phu est carrément perdue, le colonel Bigeard demande à être parachuté là-bas avec son bataillon. Il enverra à la mort une grande partie de ses hommes. Lui-même sera fait prisonnier.

DÉGAGEZ DE LÀ, LES TROUS DU CUL, ON VA S'EN OCCUPER DE VOS FACES DE BO BUN.
ILS ARRIVENT !!! FUYEZ !
PUTAIN ! VOUS VOUS FOUTEZ DE MA GUEULE ? C'EST À CAUSE DE CETTE PUTAIN DE CUISSE DE NEM QUE VOUS FLIPPEZ ?
VOUS NE COMPRENEZ PAS... FUYEZ TANT QUE VOUS LE POUVEZ... ILS SONT LE DIABLE !
OUARGG

BBOUMMMM
STOP !!
ARGH

BOUMMMMM
TATATATATATATA
OK, LES GARS ! VOUS ÊTES LES PUTAINS DE MEILLEURS DE NOTRE PUTAIN D'ARMÉE DE NOTRE PUTAIN DE BONNE VIEILLE AMÉRIQUE, PUTAIN ! ALORS ON VA ENTRER DANS CETTE PUTAIN DE JUNGLE ET LA NETTOYER DE TOUTES CES PUTAINS DE GUEULES DE TATAKI DE THON
USA! USA!
USA! USA!
J'AI ENTENDU QUELQUE CHOSE. JE CROIS QUE CES PUTAINS DE GUEULES DE POULET SAUTÉ AU SOJA SONT PAS LOIN.

ON SE REPOSE DANS CE VILLAGE DEPUIS QUATRE JOURS, CES PUTAINS DE VIETS PEUVENT AUSSI ÊTRE VACHEMENT SYMPAS, PUTAIN!

AMBASSADE AMERICAINE

AMBASSADE AMÉRICAINE
PUTAIN, C'EST CHAUD ! PUTAIN !! PUTAIN, C'EST CHAUD, SÉRIEUX !
CALME-TOI ! ARRÊTE DE CHIALER, PUTAIN D'ENCULÉ.
VA TE BOIRE UNE PUTAIN DE BIÈRE ET TE TAPER UNE PUTAIN, PUTAIN !
SEXY HOUSE
SEXY HOUSE
ELLES ONT DES RASOIRS DANS LA...
BOUMMMMMMMM

QUELQUES MOIS PLUS TARD ....
ON VOUS RAMÈNE CHEZ VOUS LES GARS DANS NOTRE BONNE VIEILLE AMÉRIQUE
NOUS NOUS SOMMES BATTUS POUR LA LIBERTÉ ! NOUS NOUS SOMMES BATTUS POUR LA DÉMOCRATIE ! NOUS AVONS COURAGEU... »

ASSASSIN ! PUTE DU GOUVERNEMENT !
SAVE TIGERS

OH QU'ELLES SONT ENCORE JOLIES
ENRICO
REVIENT SUR SCÈNE
AVEC SES PLUS BELLES CHANSONS
ÇA NOUS AURA CAUSÉ QUE DES EMMERDES CETTE COLONISATION

Guerres d'Afrique du Nord et du Moyen-Orient

GUERRE D'ALGÉRIE : QUAND ÇA VEUT PAS, ÇA VEUT PAS !

Alors déjà, au départ, on voulait appeler cette guerre « Opération de maintien de l'ordre ». Mais comme on approchait le million de morts (autour de 400 000 selon les Français, et de 600 000 à 1,5 million selon les Algériens : décidément, ils étaient vraiment d'accord sur rien), ça ressemblait de moins en moins à deux îlotiers qui surveillent 24 militants en colère de l'élimination à la présidentielle de Benoît Hamon, et de plus en plus à une guerre.
En 1999, on a enfin accepté d'appeler ça « la guerre d'Algérie », ce qui ne nous arrangeait pas trop, vu qu'on ne l'a pas gagnée.

EN 1954, COUP DE THÉÂTRE

Les petits Viêts inoffensifs en tongs dans leurs rizières mettent à la France une déculottée légendaire à Diên Biên Phu. Sur le chemin du retour, le pantalon en bas des jambes, la douleur aux fesses bien rouges et l'impression de pouvoir tutoyer la mort tant on l'a croisée souvent réinsufflent en nous un élan d'altruisme et de philanthropie que l'on croyait perdus. Nous commençons donc à envisager l'indépendance de nos colonies. C'est pas qu'on a peur ni rien, hein, mais bon…

L'Algérie cependant ne pourra pas bénéficier de cet accès de bonté puisque, plus forts que l'altruisme et la philanthropie, il y a le gaz et le pétrole. Sans oublier le million de ressortissants français (pieds-noirs) qui n'ont pas trop envie de déménager maintenant, alors que la piscine vient enfin d'atteindre 22 °.

De leur côté, les Algériens, manquant franchement d'optimisme et de patience, n'accordent plus aucun crédit aux promesses des Français, tout cela parce que ça fait vingt ans qu'ils les ont faites – et qu'ils les ont toujours pas tenues.

Pour leur défense, il faut avouer que le projet de loi Blum-Viollette de 1936 (c'est quand même le nom le plus pourri de l'histoire des projets de loi) promettait à une poignée de musulmans d'Algérie des naturalisations, l'accès au droit de vote, l'accès à des postes jusqu'alors réservés aux seuls Français. Sur le moment, on ne s'est pas rendu compte que ça permettrait à des Algériens musulmans d'avoir un jour accès à des postes au gouvernement et dans la fonction publique, ce qui n'était pas franchement dans notre ligne éditoriale, vu que les Algériens musulmans, on avait déjà du mal à les accepter en Algérie.

Ce n'est pas pour défendre encore les Français mais n'oublions pas qu'en matière de naturalisation, ils ont quand même mis la main à la pâte depuis 1889 puisqu'ils ont :

– décrété la naturalisation automatique de tous les Juifs d'Algérie,

– décrété la naturalisation automatique de tous les Européens en Algérie.

Évidemment pour que les Algériens n'aient pas juste la sensation de voir débarquer chez eux des étrangers auxquels on accorde immédiatement des droits qui leur sont refusés, nous avons, pour une équité totale, mis en place une compensation immédiate, offerte à tous puisque obligatoire : le service militaire. Cela permettra aux Algériens de porter fièrement les couleurs de la France sur un beau béret donné gratuitement, à défaut de pouvoir les porter sur une carte d'identité.

Bref, l'un dans l'autre, en 1954, les Algériens commencent à avoir du mal à dissimuler un certain agacement, ce qui fera naître le FLN (Front de libération nationale) qui, comme son nom l'indique, semble exprimer un certain désaccord avec la vision française. La France, guidée une fois de plus par cette bienveillance maternelle envers ses colonies, ne sera pas hermétique au discours militant de cette poignée d'originaux et enverra immédiatement un demi-million de soldats pour entamer un dialogue basé sur une unique priorité : conserver cette belle entente entre les Français et les Algériens.

JANVIER 1957 : LA BATAILLE D'ALGER

Décidément, l'amitié franco-algérienne a la poisse ! À contre-cœur, l'armée française sera obligée de pratiquer la torture et d'envoyer ses hommes les plus féroces, comme Jean-Marie Le Pen, qui souffrira très longtemps de sa participation à cette guerre en laissant dans l'inconscient collectif l'image d'un homme obsédé par un racisme antiarabe. Image qu'il a pourtant tenté de combattre par des actions fortes, notamment en devenant disquaire de chants antisémites, ou en fondant le Front national avec une poignée de néonazis.

1958...

1958 : La situation reste, il ne faut pas se mentir, légèrement tendue. Des militaires ont pris le pouvoir en Algérie, mais la menace du FLN revandiquant l'indépendance est partout. On réclame le retour du général de Gaulle pour résoudre la situation. C'est sans compter sur le valeureux président René Coty, qui n'a besoin ni du général de Gaulle ni de personne pour prendre une décision et régler une situation. Il prend donc la décision de faire revenir le général de Gaulle pour régler la situation, et le nomme Premier ministre.

LÀ, ÇA VA MIEUX !

4 juin 1958

Le général de Gaulle rompt pour une fois avec ses habitudes : il se rend carrément sur le terrain, à Alger, pour affronter le problème. Il déclare du haut de son balcon devant des milliers de Français d'Algérie pleins d'espoir et désireux de rester sur cette belle terre : « Je vous ai compris ! », ce qui rassure vachement tout le monde.

23 octobre 1958

Le général de Gaulle fait une proposition plus que clémente au FLN algérien : « Que vienne la paix des braves. »
Réponse du FLN : « Non. »

1959

Le général de Gaulle a pris un petit coup à l'ego, mais sa conviction reste inébranlable : il faut savoir se remettre en question ! Il se prononce donc en faveur de l'indépendance algérienne, ce qui étonne vachement tout le monde.

1960

En France, les attentats terroristes et les agressions du FLN algérien se multiplient. Depuis 1958, les autorités françaises décident d'imposer un couvre-feu à tous les Arabes (puisqu'on sait pas faire la différence), histoire que les Blancs puissent quand même prendre l'apéro en terrasse.

Les Nord-Africains, qui trouvent ce couvre-feu quelque peu discriminant, décident de manifester pacifiquement. Mais comme ils manifestent aux heures interdites, le couvre-feu est remplacé par un « ouvrez le feu » ! Bilan de la manifestation pacifique : une centaine de morts (1961, massacre de Paris).

8 janvier 1961

C'est décidé ! Le général de Gaulle prend la décision de demander par référendum aux Français la décision à prendre. Comme quoi on a quand même bien fait de le faire venir ! La question posée était la suivante : « Approuvez-vous le projet de loi soumis au peuple français par le président de la République et concernant l'autodétermination des populations algériennes et l'organisation des pouvoirs publics en Algérie avant l'autodétermination ? »

Ce à quoi les Français auraient répondu : « On ne vous a pas compris. »

Comme tout le monde commence à en avoir un petit peu marre de cette histoire qui traîne, qui traîne, même s'ils n'ont pas trop compris ce qu'on demandait, le oui l'emporte.

Février 1961

Même les activistes français et européens, qui sont les plus fervents défenseurs de l'Algérie française, admettent humblement leur défaite et l'indépendance. Mais ils décident tout de même d'exposer leurs arguments par le biais d'une petite association de quartier qui se réunit tous les mercredis pour débattre et échanger : l'OAS – ce qui signifie Organisation armée secrète (et terroriste).

Avril 1961 : coup de théâtre

Malheureusement, en Algérie, tout le monde ne prend pas la nouvelle avec autant de philosophie que l'OAS. Quatre généraux puissants de l'armée française décident de s'élever publiquement et militairement contre le général de Gaulle : le 21 avril, Maurice Challe, Edmond Jouhaud, Raoul Salan et André Zeller organisent un véritable putsch à Alger et décident, grâce à leur puissance militaire, de reprendre les rênes du gouvernement en Algérie. Ils ordonnent alors le soulèvement de l'armée, qui ne se soulève pas ! Cela compromet terriblement leur projet parce que même quatre puissants généraux de l'armée française, sans l'armée française, ça fait quatre mecs tout seuls !

1962

Quand ça veut pas, ça veut pas : retour à la case départ, l'Algérie redevient algérienne et les Français d'Algérie replient les parasols !

DANS LA SÉRIE
« L'ALGÉRIE, QUAND ÇA VEUT PAS, ÇA VEUT PAS »,
DÉCOUVREZ AUSSI L'INCROYABLE HISTOIRE
DU PÈRE DE L'INDÉPENDANCE
DE L'ALGÉRIE : MESSALI HADJ

1926

Messali Hadj crée à Paris l'Étoile nord-africaine (ENA) et réclame l'indépendance de l'Afrique du Nord !

1929

L'Étoile nord-africaine (ENA) est interdite et dissoute.

1933

Messali Hadj reconstitue l'Étoile nord-africaine (ENA) et réclame l'indépendance de l'Afrique du Nord !

1937

L'Étoile nord-africaine (ENA) est interdite et dissoute par le gouvernement. Messali Hadj crée le Parti du peuple algérien (PPA) et réclame l'indépendance.

1939

Le Parti du peuple algérien (PPA) est interdit et dissous, Messali Hadj est arrêté.

1946

Messali Hadj fonde le Mouvement pour le triomphe des libertés démocratiques (MTLD).

1954

Le Mouvement pour le triomphe des libertés démocratiques (MTLD) est interdit et dissous.

1954 BIS

Messali Hadj fonde le Mouvement national algérien (MNA) et s'oppose férocement au FLN.

1958

Le FLN prend le pouvoir, le MNA de Messali Hadj est dissous. Messali Hadj s'exile en France.

1959

Pendant son footing à Chantilly, Messali Hadj échappe de peu à un attentat. Il est important de préciser que l'implication du FLN dans cette tentative d'assassinat n'a jamais été prouvée.

1961

Messali Hadj ordonne à son parti de laisser le FLN mener les négociations pour l'indépendance.

1974

Mort de Messali Hadj à Paris, sans qu'il ait jamais pu revoir l'Algérie.

VIVE L'ALGÉRIE LIBRE !
YES, ON A RÉUSSI !
IL VA FERMER SA GUEULE, LE MELON ?

Les Harkis

Nous ne pouvions évidemment pas évoquer la guerre d'Algérie sans parler des harkis.

Héros de guerre : Marcel Bigeard

Le général Bigeard est un héros de guerre français, malheureusement trop peu connu, car il a subi l'acharnement systématique de l'opinion publique et des médias, qui n'ont eu de cesse de décrire sa vie en s'appuyant sur les rumeurs de tortures auxquelles il aurait participé. Essayons donc pour une fois de nous pencher sur le véritable général Bigeard.

J'ai décidé de profiter de ce livre pour mettre en lumière une des qualités totalement inconnues du général : il était excellent cuisinier ! Voici donc pour vous l'une de ses recettes légendaires : la crevette Bigeard…

LA CREVETTE BIGEARD

GENRE : PLAT PRINCIPAL • DIFFICULTÉ : ALÉATOIRE SELON LA VIVACITÉ DES CREVETTES • TEMPS DE PRÉPARATION : 1 HEURE • TEMPS DE CUISSON : ENTRE 12 ET 36 HEURES

INGRÉDIENTS

(POUR 1 PERSONNE)

- *1 Algérien,*
- *de 10 à 15 kg de ciment à prise rapide,*
- *3 à 5 litres d'eau,*
- *1 grand moule hermétique (pouvant contenir deux pieds, pointure 42 au minimum),*
- *1 grande spatule,*
- *1 hélicoptère,*
- *1 pilote,*
- *1 grande masse d'eau type mer ou océan ou grand lac.*

Attention :
la recette nécessite une eau profonde.

★★★

PRÉPARATION

• Verser dans le moule le ciment à prise rapide avec un demi-volume d'eau.

• Mélanger à l'aide de la grande spatule jusqu'à obtenir un mélange homogène. Selon vos goûts, vous pouvez ajouter du sable.

• Saisir un Algérien hostile au régime français, le laisser entier (pas d'obligation d'enlever la queue), bien secouer, relever et attacher. Placer votre Algérien debout dans la bassine, les deux pieds dans le ciment.

• Laisser sécher. Si vous voulez ajouter une inscription personnalisée du type « Joyeux anniversaire/Bonne fête papa/Bonne fête maman », le faire à mi-séchage (environ 10 heures) simplement avec votre doigt.

• Laisser reposer une nuit.

Attention :
votre Algérien doit rester immobile.

- Une fois la crevette bien prise dans le ciment sec, vous saisir du tout et, à l'aide d'un ami, l'enfourner dans un hélicoptère préchauffé.
- À l'aide du pilote, faire monter l'hélicoptère à une altitude de 250 mètres au-dessus de votre masse d'eau profonde.
- Une fois à bonne hauteur, pousser vigoureusement votre Algérien hors de l'hélicoptère.
- Vous pouvez maintenant savourer votre crevette Bigeard.

Conflit israélo-arabe-palestinien

La guerre des Six Jours

Dans le cadre du conflit israélo-palestinien, j'ai choisi de me concentrer sur la guerre des Six Jours, parce que j'ai du mal à comprendre comment les spécialistes de la guerre éclair peuvent être du coup restés ensuite en conflit pendant soixante-dix ans. Alors, la guerre des Six Jours dans les grandes lignes : y a une coalition de pays arabes qui sont pas hyper OK avec Israël et sa politique. Et puis, tu sais ce que c'est, personne ose se dire les choses franchement, y a du ressentiment qui s'installe, tout le monde devient un peu parano et, l'un dans l'autre, sentant une menace, Israël va défoncer tout le monde en moins d'une semaine. Alors, six jours, c'est vraiment rapide pour déglinguer une coalition; mais pour vraiment prendre conscience de la rapidité «subjugante» de cette guerre, j'ai décidé de la comparer à l'agenda d'une personne lambda.

AGENDA ISRAËL	AGENDA FRANÇOIS FILLON, JUIN 2017
5 juin	5 juin
7h45 - 8h00 Premières attaques aériennes sur les bases aériennes égyptiennes : 197 avions égyptiens et 11 aéroports sont détruits; 6 aéroports et 8 stations de radar mis hors d'état.	
8h15 Les divisions blindées ont fini leur camouflage et avancent vers l'ouest, en direction du Sinaï.	
9h30 Deuxième vague d'attaques aériennes : 107 avions égyptiens sont bombardés.	

9h45
Sur le front est, l'armée israélienne lutte contre l'armée jordanienne.

12h00
Pause déjeuner.

12h45
Israël attaque la Jordanie.

15h00
Fin de journée : 400 avions égyptiens sont détruits.

6 juin
6h00 - 18h00
Conquête de Gaza et d'une partie de Jérusalem.

7 juin
6h00 - 13h00
Conquête du reste de Jérusalem. Bataille de blindés au cœur du Sinaï, occupation de la rive orientale du canal de Suez. Conquête de Charm El-Cheikh.

13h00
Pause déjeuner à Jérusalem.

14h00
Battre la Jordanie qui a perdu la Cisjordanie et Jérusalem-Est.

18h00
Signer le cessez-le-feu.

8 juin
6h00
Défoncer l'Égypte.

18h00
L'Égypte accepte le cessez-le-feu.

9 juin
6h00 - 18h00
Défoncer la Syrie.

10 juin
6h00 - 18h00
Vérifier qu'on n'a oublié personne.

18h30
Gagner la guerre.

6 juin
11h00
Pisciniste.

7 juin
13h00
RDV commissariat.

8 juin
9h00
RDV avocat.

9 juin

10 juin
10h00
RDV banque.

* Anecdote : Eli Cohen, l'agent du Mossad qui est presque devenu président de la Syrie.

Y a des mecs, quand ils trouvent dans quoi ils sont bons, on peut plus les arrêter. C'est le cas d'Eli Cohen, qui fut certainement l'un des plus grands espions de l'histoire.

Engagé par le Mossad pour être infiltré en Syrie, il débute sa mission auprès de marchands syriens : c'est juste pour s'échauffer… Moins d'un an plus tard, il est à Damas où il devient tranquillement le grand pote de plusieurs militaires et officiels du gouvernement. On le trouve tellement sympa qu'on le pressent pour le poste de ministre de la Défense.

Finalement, ça ne se fait pas, mais il est suffisamment influent pour conseiller l'armée syrienne ! En plus de la multitude d'informations qu'il vole, il pousse la duperie jusqu'à conseiller aux Syriens de camoufler leurs bunkers avec des eucalyptus. Y a plus qu'à dire à l'armée israélienne de viser les koalas. Cette technique a bien aidé pendant la guerre des Six Jours !

Bref, Eli est comme un poisson dans l'eau. Il est numéro 3 sur la liste des prétendants au titre de président de la Syrie. Malheureusement, il va se faire démasquer et, croyez-moi ou non, autant nous, l'histoire nous fait marrer, autant les Syriens l'ont pendu.

PENDU
MINISTRE DE LA DÉFENS
CHEF DU MOSSAD
PRÉSIDENT SYRIEN

La guerre de Kippour

Alors, la guerre de Kippour, c'est quand le nouveau Président égyptien veut montrer au monde la taille de ses *cojones* et décide d'attaquer Israël en plein pendant les prières. Du coup, on a appelé ça la guerre de Kippour, mais moi perso j'aurais appelé ça la guerre du coup de pute (c'est vrai que c'est moins classe). Alors, comme Kippour, c'est aussi la fête du Grand Pardon, Israël va pardonner ce coup bas à l'Égypte… et détruire son armée sans rancœur et sans colère. Notre nouveau Président égyptien va donc immédiatement entamer une négociation de paix durable avec Israël et se fera assassiner très peu de temps après par des musulmans extrémistes de son propre camp qui, comme lui, n'étaient pas très sensibles au pardon.

ATTAQUER PENDANT LA PRIÈRE, C'ÉTAIT DÉJÀ PAS COOL, MAIS LÀ, SÉRIEUX...
WC
WC
WC
WC
BORKOO

HÉROS DE GUERRE

Dans ce pays où le service militaire est obligatoire dès 18 ans pour les hommes (trois ans) comme pour les femmes (deux ans), se soustraire à cette obligation peut se traduire par un mois d'emprisonnement et de grandes difficultés sociales tout au long de la vie. Ceux qui ont fait ce choix se nomment les « refuzniks ».

M Proche-Orient

EN IMAGES Les Kurdes annoncent la reprise de Sinjar à l'Etat islamique

INTERNATIONAL | PROCHE-ORIENT | Arabie saoudite | Bahreïn | Irak | Iran | Israël | Israël/Palestine | Jordanie | Koweït | Liban | Ligue Arabe

Refuzniks : ils ne veulent pas servir dans l'armée israélienne

Le Monde.fr | 09.02.2009 à 20h09 • Mis à jour le 16.02.2009 à 15h29

Abonnez vous à partir de 1 € | Réagir | Classer

Partager (502) | Tweeter

Tamar, 19 ans Étudiante

« Je suis **pacifiste**, j'ai toujours détesté tout type de violence. J'aurais pu décider de ne pas aller en prison, mais j'ai décidé de faire connaître mon opinion. À 16 ans, quand j'ai été convoquée pour la première fois par l'armée, je me suis retrouvée dans un camp militaire, et c'est là que j'ai commencé à me poser des questions. A 17 ans, j'ai compris que je ne voulais pas y aller mais je ne savais pas comment faire. Quand je suis arrivée à Tel-Aviv pour étudier, j'ai fait de nouvelles rencontres et j'ai réalisé que ce n'était pas si compliqué. Nous nous sommes organisés, afin de déclarer publiquement que nous étions contre l'occupation. Maintenant, nous savons que **nous allons aller en prison. Je suis à la fois effrayée et pleine d'espoir.** L'espoir que les choses changent dans ce pays. Et puis nous savons que nous serons soutenus de l'extérieur. Pour moi, le plus important, c'est que les gens entendent notre voix. Qu'ils sachent que ce n'est pas obligatoire de faire l'armée qu'il est possible de remettre en question ce tabou. Pour nous, faire l'armée, ce n'est pas prendre des responsabilités, au contraire. »

Abonnez vous à partir de 1 € | Réagir | Classer

Partager (502) | Tweeter

Avner, 31 ans **Historien**

« J'ai grandi dans une famille sioniste de gauche où tous les hommes sont dans l'armée. À 18 ans, j'y suis donc allé confiant. J'ai servi à une époque tranquille, entre 94 et 98. Mais lorsque la seconde Intifada a débuté, j'ai senti que la réponse israélienne n'était pas la bonne. A l'université, un professeur de français nous a montré un film de Joseph Losey, Monsieur Klein : sous l'occupation, Alain Delon voit tous ses voisins disparaître mais **continue sa vie sans se poser de questions.**

J'ai commencé à me demander si je ne faisais pas comme lui. Je me suis rendu dans les territoires occupés. J'ai découvert la façon dont vivaient les Palestiniens. C'était inacceptable pour moi de voir que **l'armée ne protègeait plus Israël, mais défendait un projet de colonies.**

Je suis devenu de plus en plus suspicieux. Et j'ai finalement envoyé une lettre avec 13 autres soldats pour refuser d'être réserviste. Elle a été publiée. Comme nous faisions partie d'une unité d'élite, c'était l'événement : les médias du monde entier voulaient nous interviewer. Plusieurs d'entre nous ont été en prison. Mais l'important c'est que notre geste a eu des répercussions à plusieurs niveaux. Nous savons que c'est un des facteurs qui a poussé au désengagement à Gaza. Aujourd'hui, je suis membre de l'association « Combatants for peace » où nous travaillons avec des Palestiniens qui, comme nous, refusent la guerre. Et je me considère toujours comme un bon patriote : **je veux le mieux pour notre pays.** »

Gaï, 29 ans **Dramaturge**

« Un service militaire de trois ans, ça marque. Pour moi, au départ, il n'y avait pas d'alternative, c'était la loi. J'ai été affecté comme canonnier au sein du corps blindé. Après un mois de service, **j'ai appris que ma petite sœur avait été tuée dans un attentat à Jérusalem.** Je me suis posé tout un tas de questions. Et l'administration y a répondu très vite. J'entrais dans le programme des familles endeuillées. J'ai alors signé un papier pour être volontaire et continuer mon service. **Rester dans l'armée m'évitait de sombrer dans la dépression.** Je m'ennuyais, je déprimais. J'ai plusieurs fois demandé à voir un psychologue pour être réformé, mais à chaque fois, ils arrivaient à me convaincre de rester. J'ai appris que plusieurs de mes amis avaient été gravement blessés sur le front libanais. J'étais très mal, je ne parlais plus. Et puis, je suis **devenu ami avec ceux qu'on appelait "les noirs", les juifs originaires des pays arabes.** C'est là que les choses ont commencé véritablement à changer.

Je suis parti en France où j'ai appris l'arabe et j'ai travaillé pendant six mois au MRAP, j'accueillais les réfugiés. J'avais une empathie particulière pour les Palestiniens. Et c'est là que je suis devenu "refuznik".

J'ai décidé de devenir "missionnaire" de cette cause.

C'est là que **j'ai commencé à faire du théâtre** pour faire partager mon histoire. Nous étions quatre conteurs, deux Israéliens deux Palestiniens. Je ne pensais pas revenir en Israël. Et puis, j'ai compris que ce que j'avais à dire, il fallait que je l'exprime là-bas. **Je suis rentré au bout de sept ans.** En arrivant, j'ai tout fait dans les règles : j'ai dit à l'armée que j'étais là. Mais ils ne m'ont jamais rappelé. »

Alex, 21 ans **Projectionniste**

« Au début, c'était un cruel dilemme pour moi : je n'étais pas pour la guerre plutôt pour une solution diplomatique, mais je pensais aussi qu'il fallait défendre mon pays, isolé dans sa région. A 17 ans, **j'ai été dans les territoires occupés aider les Palestiniens à ramasser les olives.** Ça m'a beaucoup marqué. Un jour, des colons ont volé toute la récolte de la journée au prétexte que tout ce qui pousse sur la terre d'Israël est aux juifs. Il n'y avait pas d'instance juridique pour régler ce genre de problème. J'ai compris qu' **évoquer la sécurité pour justifier l'occupation était un mensonge.**

Lorsque j'ai refusé de faire mon service, j'ai voulu insister sur l'aspect politique de ma décision.Pour cela, je savais qu'il fallait que j'aille en prison. Nous étions sept cette année-là. Nous avons écrit une lettre disant que nous croyions à la démocratie et aux valeurs humanistes ; que nous étions contre l'occupation, source d'oppression pour le peuple Palestinien. Cette lettre a été publiée et a reçu 250 signatures de soutien. En deux ans, **j'ai fait 5 mois de prison pour désobéissance.**

À chaque fois que je sortais, on m'ordonnait de rejoindre mon unité, je refusais et l'on me renvoyait en prison. La première fois, j'avais vraiment peur d'y aller et la première nuit, je n'ai pas pu dormir du tout. Mais on s'habitue. Finalement, j'ai été officiellement réformé pour problèmes de santé. C'est l'armée qui m'a proposé cette solution. Une façon de se débarrasser de nous. »

M Proche-Orient

EN IMAGES **Les Kurdes annoncent la reprise de Sinjar à l'Etat islamique** ›

INTERNATIONAL | PROCHE-ORIENT | Arabie saoudite | Bahreïn | Irak | Iran | Israël | Israël/Palestine | Jordanie | Koweït | Liban | Ligue Arabe

Refuzniks : ils ne veulent pas servir dans l'armée israélienne

Le Monde.fr | 09.02.2009 à 20h09 • Mis à jour le 16.02.2009 à 15h29

Abonnez vous à partir de 1 € | Réagir | Classer | Partager (502) | Tweeter

Naomi, 19 ans **Etudiante**

« C'est quand ils ont commencé à construire le mur, il y a 5 ans que j'ai pris conscience de certains problèmes. Un an après, j'avais 15 ans, je me suis rendu à un séminaire de l'association New Profil, qui lutte contre la militarisation de la société israélienne. J'ai adhéré au collectif soutenant ceux qui refusaient d'aller à l'armée à cause de l'occupation. Quand ils se sont retrouvés en prison, notre travail était de faire en sorte qu' **on ne les oublie pas.**

Il y a deux ans, j'ai refusé de faire mon service militaire. Cela m'a posé quelques problèmes quand j'ai cherché du travail : **je devais être embauchée dans une librairie, mais quand les employeurs ont vu que je n'avais pas fait l'armée, ils ont changé d'avis.** Aujourd'hui, je suis toujours à New Profil et j'essaye d'aider les gens qui souhaitent sortir de l'armée. Nous avons l'une des armées les plus importantes au monde, alors que nous sommes un tout petit pays. Il n'y a pas que les Palestiniens qui souffrent de la militarisation de notre société. **L'argent qui est investi dans la défense** ne l'est pas ailleurs, dans l'éducation par exemple. »

Abonnez vous à partir de 1 € | Réagir | Classer | Partager (502) | Tweeter

M Proche-Orient

EN IMAGES Les Kurdes annoncent la reprise de Sinjar à l'Etat islamique

INTERNATIONAL · PROCHE ORIENT · Arabie saoudite · Bahrein · Irak · Iran · Israël · Israël/Palestine · Jordanie · Koweït · Liban · Ligue Arabe

Refuzniks : ils ne veulent pas servir dans l'armée israélienne

Le Monde.fr | 09.02.2009 à 20h05 • Mis à jour le 16.02.2009 à 15h20

Abonnez vous à partir de 1 € · Réagir · Classer

Partager (502) · Tweeter

Omer, 19 ans — Étudiante

Elle pose dans une maison palestinienne du village de Ni'ilin, derrière des impacts de balles que des soldats israéliens ont fait "pour s'amuser". **Mon père est général,** il a été vice-président du Mossad. Nous sommes à l'opposé l'un de l'autre. Il m'a dit qu'il viendrait me jeter des cacahuètes quand je serai en prison. Moi, j'ai toujours voulu la paix. Quand je suis arrivée au lycée, j'ai commencé à m'intéresser à la politique. J'ai participé à des pièces de théâtre contre la guerre. Si moi j'ai ouvert les yeux, tout le monde peut le faire. Je ne hais pas les soldats, je pense qu'ils sont victimes d'un lavage de cerveau. L'armée ne vous laisse pas le temps de réfléchir. L'éducation et tout le système nous font croire que nous devons défendre notre pays. Mais c'est un mensonge incroyable : en réalité, c'est nous qui attaquons !.

Moi, je ne suis pas pacifiste.

Je pense que **chaque pays a le droit de se défendre. Mais pas d'attaquer des civils.** Ce qui m'inquiète le plus c'est que ma génération a grandi pendant l'occupation. Pour les gens de mon âge, c'est une chose normale. On nous éduque pour haïr et contrôler les Palestiniens. Je crois que les jeunes Israéliens doivent **connaître la situation des Palestiniens** avant de faire leur choix. C'est pour cette raison que nous avons accepté d'aller en prison. Pour que les autres ouvrent les yeux.

Abonnez vous à partir de 1 € · Réagir · Classer

Partager (502) · Tweeter

Le Monde.fr, 9 février 2009.

LES DEUX GUERRES DU GOLFE

Guerre du Golfe 1 : le petit Koweït

Alors le bordel commence par la révolution du peuple iranien contre le chah d'Iran. Malheureusement, c'était pas un vrai chat qui était à la tête de l'Iran. C'est dommage, ç'aurait été plus marrant.

Non, le chah d'Iran, c'est le dirigeant iranien en 1979 qui est surtout le grand pote des Américains. Le souci, c'est que le peuple iranien est très religieux. Et lui, il est à l'américaine mais un peu trop : genre il autorise des pubs Coca-Cola avec des meufs en maillot de bain ! Dans les rues d'Iran, t'imagines ? C'est comme si tu allais en Arabie saoudite distribuer des capotes aux étudiantes qui sortent de la mosquée ! Tu peux tenter… mais commence à t'habituer à vivre sans tes mains... Donc, le peuple le renverse et c'est l'ayatollah Khomeini qui prend sa place. Alors l'ayatollah Khomeini, on est dans une personnalité beaucoup moins fun. Pour te donner une vague idée du personnage… c'est quand même quelqu'un qui a interdit tout portrait de lui où on pouvait le voir sourire : le gars est contre le sourire… Tu peux être contre des trucs… Moi, je suis contre la corrida par exemple, mais contre le sourire ? Donc un conseil, si tu fais un Nouvel An avec Khomeini et que tu veux garder une bonne ambiance, le laisse pas gérer la musique... Bon, comme tout homme, il a besoin de se détendre. Il a des hobbies. Lui, en hobbies, par exemple, il a : islam radical chiite, la mort de l'Occident, la destruction de la modernité !

Du coup, vous vous imaginez bien que là, Israël, les États-Unis et les pays arabes pétroliers qui sont sunnites ont tous très peur de ce mec… Il est intégriste chiite, il a du pétrole et… quand même, putain, il est contre le sourire. Excusez-moi, mais quelle espèce de taré peut être contre le sourire ? Alors là, qu'est-ce qui se passe entre Israël et les pays arabes, qui pourtant n'étaient pas franchement potes, entre autres à cause du conflit israélo-palestinien ? Bah, maintenant ils ont un ennemi commun ! Et comme les ennemis de

mes amis… comme les amis des ennemis de mes amis…
Bon, t'as compris, tout le monde se réconcilie jusqu'à faire encore aujourd'hui du business ensemble ! « *Psartek*, Israël, pour ton nouveau pays ! Tu veux un baril ? »
Là, tout le monde oublie un peu les Palestiniens ! Les pays arabes, les médias… À ce sujet, la Palestine aurait déclaré : « Y a quelqu'un ? Oh oh ? Y a quelqu'un ? »
Et c'est là qu'il est temps de saluer l'entrée en scène de Saddam Hussein, sous vos applaudissements, Mesdames et Messieurs !
En Irak, y a Saddam… Et Saddam, c'est un hyperactif. Déjà, petit, sa mère disait de lui : « Saddam est hyperactif. »
Et Saddam, ça lui plaît pas trop, cette révolution du peuple en Iran, il flippe un peu que ça donne des idées de liberté aux Irakiens. Et la liberté, avec les dictateurs, c'est un peu comme l'homosexualité chez les Fillon : ils ont rien contre, mais faut pas que ça se passe chez eux. Du coup, il attaque l'Iran !
Et ça fait plaisir à tout le monde : les Américains, Israël, les pays arabes, l'Occident, tout le monde est derrière lui !
Allez, on va revivre l'ambiance ensemble ! Saddam ! Clap, clap, clap ! Saddam ! Clap, clap, clap ! POUR SADAAAAAAAAAAAM ! ATCHIK, ATCHIK, ATCHIK, AÏE, AÏE, AÏE !
Mais l'Iran résiste, et au bout de huit ans de guerre on est toujours à égalité… Balle au centre… Moustachu : 50/Barbu : 50. Pas de gagnant, pas de perdant… Ou deux gagnants/deux perdants, comme vous voulez… Mais en gros, ils sont quittes.
Donc, Saddam se retire de l'Iran, mais il a un petit moral. La guerre l'a ruiné, il doit de la thune à tout le monde. Et ça, Saddam, il supporte pas. C'était un mec pas simple, faut le dire : il avait

son caractère, c'est vrai, mais là-dessus on pouvait rien dire, il ne supportait pas de devoir de l'argent à quelqu'un ! Oh là là ! Ça le mettait dans une colère ! Mais même demander une pièce pour un parcmètre, il était capable de risquer l'amende pour pas avoir à demander ! Ah, il était terrible avec ça. D'ailleurs, qu'est-ce qu'on a pu se foutre de lui... Bref !

Ça tombe bien parce qu'en repartant de l'Iran, il passe devant le Koweït, tout petit pays, pratiquement pas d'armée et beaucoup de pétrole.

Et comme disait Saddam : « Bien souvent, l'occasion fait le larron. » Il va quand même pas rater cette opportunité de renflouer les caisses ! « On est à côté, y en a pour dix minutes, on a les chars, on a tout ! Franchement, ça serait trop con ! »

Alors il attaque le petit Koweït !

Mais alors, c'est la plus mauvaise idée de sa vie... Parce que le Koweït vend du pétrole à la terre entière et du coup, bah, c'est le copain de la terre entière... En dix minutes, une alliance de 34 pays s'est formée pour aller aider le Koweït, y compris des pays, tu sais pas comment ils ont été prévenus, vu qu'ils ont même pas l'électricité... Le Honduras, le Nigéria, le Bangladesh qui ont dû venir à pied avec une machette... « Aaaaaaah, tu laisses le Koweït tranquille ! » Tout le monde voulait aider le Koweït. Le Sénégal, ils ont envoyé 400 hommes, y en a 100 qui sont morts en avion en venant, et ça devait être certainement leur seul avion. Tout le monde, je te dis ! Ceux qui pouvaient pas y aller, ils envoyaient une corbeille de fruits. Je pense même que les animaux y sont allés : les hérissons, les lamas... « On va aller lui cracher dans la gueule, à cet enculé ! Tu ne touches pas

au Koweït ! » Toute l'Europe y est allée, les Américains aussi… Enfin, bon…
Notre Saddam, il s'est pris une volée… En quatre jours, c'était terminé. En quatre jours, c'était balayé, rangé, les chars étaient lavés, tout le monde était rentré chez lui. C'est quatre jours aller-retour, hein… Depuis, le Koweït n'a pas été réattaqué, je crois.
C'est comme si t'attaquais la Suisse en criant : « Je viens vider les coffres… » Tu vas voir ce qu'il va se passer… Même moi, j'interviens ! J'ai un livret là-bas. Y a des trucs, faut éviter et puis c'est tout. Mettre une main au cul à la mère de McGregor, mettre une petite claque derrière la tête à Poutine… Voilà, c'est des trucs où ce que tu peux gagner n'en vaut pas les conséquences.

Seconde guerre du Golfe

Hey, au sujet de la guerre en Irak, vous saviez que Bush et ses équipes ont menti 935 fois ! Vous trouvez pas ça dingue, que des mecs aient le temps de compter ce genre de trucs ?

Pour traiter la guerre du Golfe numéro 2, j'ai choisi de vous extraire le texte de mon spectacle qui évoque justement ce conflit. Alors, pourquoi un extrait du show et non pas un texte inédit ? Eh bien parce que, figurez-vous, je n'arrive pas à faire mieux que moi-même sur ce sujet. Je m'incline donc face à moi. N'est-ce pas une jolie preuve d'humilité ?

En parlant d'humilité, *Vends deux pièces à Beyrouth*, dont vous allez avoir l'honneur de découvrir un extrait, a été élu spectacle de l'année et n'a pas été nominé aux Molières : deux preuves évidentes de sa qualité et de son engagement. Si vous venez d'acheter ce livre, sachez que ce spectacle est encore en tournée pour une dernière saison et que vous pouvez réserver vos places ici : www.jeremyferrari.fr.

C'est, il faut le dire, le meilleur spectacle d'humour du moment. Et on verra par la suite mais à mon avis des autres moments aussi. La sortie du DVD est prévue pour après la tournée : pour ne pas le louper, n'hésitez pas à vous inscrire à la newsletter ici : www.jeremyferrari.fr.

Vous pouvez aussi me rejoindre sur mes comptes Twitter/Facebook/Insta ou me joindre par mail ici : www.jeremyferrari.fr.

Rémy Raoux/Jérome Pellicer

Standing ovation comme tous les soirs.

Rémy Raoux/Jérome Pellicer

Rémy Raoux/Jérome Pellicer

Rémy Raoux/Jérome Pellicer

Jérémy se donne tellement sur scène ! C'est beau à voir, pour un prix abordable.

Les gens sont comme des oufs.

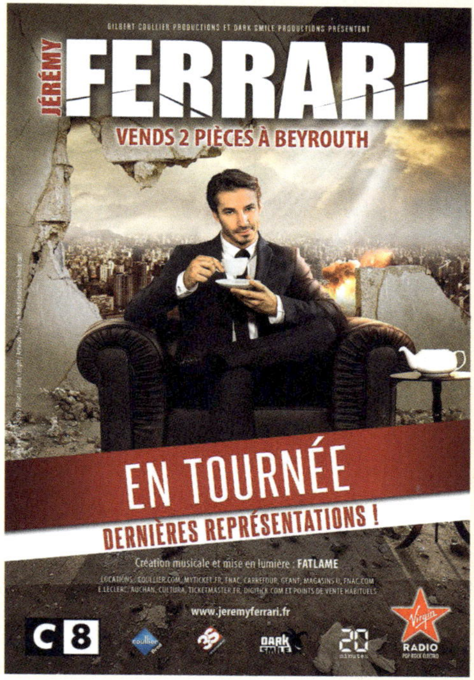

Création Homa/Julie Caught/Maquillage : Charlotte Chenoz

Voilà, on va donc passer à la guerre du Golfe 2. Mais avant, je me permets juste de vous faire connaître quelques citations de la presse, toujours moins élogieuses que celles de l'équipe d'*On n'est pas couché*... dans laquelle on a fait un petit point général et on est tous plus ou moins tombés d'accord sur le fait que j'étais un génie. Bref, voici quelques citations :

« C'est de la bombe », *Le Parisien* (c'est pas moi qui ai trouvé le jeu de mots)

« Son propos est rare et brillant » (je cite pas le journal, sinon c'est pas crédible)

« L'évènement de la scène humoristique », *Le Monde* (ça calme, hein ?)

« Il s'impose comme le maître de l'humour noir », *Les Inrocks* (petit journal local écrit par une petite bande d'anarchistes bobos hyper sympas)

Bon, allez, la guerre en Irak de et par moi-même

. . .

Quand George W. Bush arrive au pouvoir, la première chose qu'il se dit est : « Tiens, je vais aller parler aux talibans ! » C'est là quand même que tu vois qu'on n'est pas dans le même monde que ces mecs-là ! Parce que moi, demain, je deviens président des États-Unis, après-demain je vais pas parler aux talibans ! Moi, après-demain, je vais à Disney World, je saute la barrière.

À ce moment Jérémy réalise sur scène grâce à l'art du mime qu'il maîtrise à la perfection un véritable saut de barrière suivi d'un demi-tour rapide et fait des doigts d'honneur aux gardiens imaginaires de la barrière de Disney World.

Qu'est-ce qui y a, je t'emmerde, je suis président des États-Unis !
Non mais, pourquoi aller parler aux talibans ?
(Rire du public)
C'est comme aller pisser sur un nid de guêpes *(mime de Jérémy qui tient son sexe comme pour uriner)* qui dort, je vois pas l'intérêt !
(Rire du public)
Mais bon, Bush, il va voir les talibans parce que comme c'est son père qui les a mis au pouvoir pendant la guerre froide pour emmerder les Russes, il a un petit passif ! Donc, il va voir les talibans : « Bon, les ralalas… »
(Référence à une vanne précédente du spectacle qui génère

souvent un léger rire de la salle...)
« C'est quand même papa qui vous a donné vos mitraillettes, donc vous allez baisser les radiateurs, on va installer des pipe-lines chez vous pour le pétrole, et vous, vous allez vous magner de nous livrer Ben Laden. »
Donc là tout le monde hallucine parce qu'à l'époque tout le monde avait peur des talibans !
– Tu leur as dit quoi, Bush ?
– Je leur ai dit : « Livrez-moi Ben Laden ! »
– T'as une sacrée paire de couilles, Bush !
– Oui j'ai une sacrée paire de couilles, Bush ! Non, ça, c'est mon nom, faut que j'arrête de le répéter...
(Rire du public)
Donc là les talibans, ils réfléchissent ! Parce que quand tu as la première puissance mondiale qui vient te mettre un coup de pression, tu réfléchis ! Qu'est-ce qu'on fait ? Est-ce qu'on livre Ben Laden, est-ce qu'on livre pas Ben Laden ? Bon, finalement, ils vont couper la poire en deux : ils vont pas vraiment livrer Ben Laden, mais ils vont livrer plusieurs membres de son équipe à Bush, en avion, directement à New York.

Jérémy se lance alors avec ses mains, toujours en usant de l'art du mime, dans l'imitation des deux avions percutant le World Trade Center suivie de l'onomatopée « Bam ! » qu'il prononce à deux reprises. Le mime étant peut-être un peu trop réaliste génère généralement une certaine gêne dans la salle.

« Vous avez reçu le colis ? »
(Rire jaune du public)
« Vous nous aviez pas donné le code, alors on est passés directement par en haut. »
(Jérémy rit généralement seul.)
Donc là, Bush, il s'y attendait pas ! La presse débarque, il sait pas quoi dire ! Alors finalement il annonce : « Y a trois États terroristes dans le monde. » Les journalistes demandent : « Ah bon, lesquels ? »
Il s'attendait pas à cette question, alors il en dit trois au hasard, ceux qu'il connaît quoi… Il dit : « L'Afghanistan est un État terroriste. » Bon, là on peut plus le contredire ! Ensuite il dit : « Y a l'Irak qui est un État terroriste ! » Donc, là, Saddam Hussein découvre qu'il est terroriste en plus d'être un dictateur ! « Ah bon ? Ouéééééééé… » Bah, lui, passer d'enculé à gros enculé, il s'en fout, ça lui fait des étoiles en plus sur sa veste.
(Gros rire du public)

Ensuite, Bush dit : « Saddam Hussein a des armes de destruction massive ! » « Ah bon ? » Deuxième bonne nouvelle pour Saddam Hussein ! « Ouéééééé ! C'est où ? » (Gros rire du public appuyé par un comique de répétition imparable)

Ensuite il conclut : « Y a la Corée du Nord qui est un État terroriste ! » Mais ça, il attaquera pas ! Bah non, parce qu'en Corée y a vraiment des armes de destruction massive : il est pas ouf !

La suite du show est incroyable, j'espère que vous aurez les moyens de vous offrir une place !

PROMO
LE PRIX DES SCIES VA VOUS SCIER
PROMO
100 CLOUS POUR PAS UN CLOU
CLIENT SUIVANT

J'aurais voulu être terroriste

Depuis trop longtemps, seuls les groupes terroristes possédant de gros moyens financiers et techniques ont pu bénéficier du soutien des médias. Le FLNC (Front de libération nationale corse), Al-Qaeda, Daesh, et quelques autres, peu nombreux, font la une des journaux de manière scandaleuse. J'ai donc décidé de consacrer les prochaines pages aux terroristes oubliés.

Dans ce chapitre, pas d'attentats spectaculaires, incroyablement coordonnés, faisant des milliers de morts, les gros titres de la presse internationale, et qui installent la terreur, obligeant nos dirigeants à prendre la parole devant les caméras, l'œil humide et des sanglots dans la voix. Non ! Maintenant, place aux loupés, aux ratés, aux pas doués, aux indépendants, à ces petits artisans de la peur qui n'ont pas eu la chance de se faire aider par un État, un pays étranger, ou des investisseurs privés.

À vous, terroristes amateurs, cagoulés du dimanche, terroristes oubliés, terroristes morts trop jeunes avant de faire vos preuves : il est temps que le monde vous voie, afin que personne ne vous oublie jamais...

Les groupes terroristes oubliés ayant exprimé un fort désir de faire exploser des Juifs et des Arabes

Cellule autonomiste et totalitaire Tiwaz 2882, 2004-2005

Alors accrochez-vous, parce que le cerveau de ce groupe, Emmanuel Rist, a perdu la carte du bon sens depuis un bon bout de temps ! Octroyons-nous déjà un petit moment pour analyser le choix du nom qu'il a donné à son organisation.

Un nom, c'est important : faut pas se planter. Alors Emmanuel Rist (qu'à partir de maintenant je vais appeler Manu, parce que taper Emmanuel, c'est hyper long et une fois sur deux j'oublie un m ou j'ajoute un l… bref, donc, Manu), il est pas con, il connaît les bases de la communication : un nom, faut que ce soit court, efficace et simple. Alors, il choisit : « Cellule autonomiste et totalitaire Tiwaz 2882 ».

Alors, effectivement, quand on lit ça, on comprend assez vite que le mec a l'air en colère contre quelque chose, mais on ne comprend pas tout de suite contre quoi… Voici donc une explication de texte détaillée…

Cellule – Bah, certainement que déjà le mec sentait que ça allait mal finir pour lui.

Autonomiste – Bon, bah, y a une volonté claire d'exprimer une certaine indépendance… En gros, les gars se démerdent tout seuls : personne n'a besoin de toi, te la raconte pas, ils ont pas besoin de toi ! Dégage de là, on t'a dit !

Totalitaire – En gros, ça veut dire que ce groupe, si tu veux, il a un point de vue qu'il veut bien partager avec toi, mais pas dans le but d'avoir ton avis.
Tiwaz – Alors, si tu as un peu les jambes qui flanchent quand tu te marres, c'est le moment de t'asseoir. Tiwaz, c'est la rune de l'ancien dieu du Ciel de l'Europe septentrionale nommé Tyr ; un dieu de la mythologie nordique qui a sacrifié sa main droite pour attacher Fenris, un loup qui menaçait l'ordre cosmique ou je sais pas quoi. Bon, bref, le mec est en plein triple saut arrière dans le canyon de la connerie.
2882 – Et ça, c'est le numéro d'une plaque d'un soldat de l'armée allemande que ce débile a dû acheter, certainement sur une brocante nazie, dans une cave je sais pas où. Et la particularité de ce soldat allemand, c'est qu'il n'en a pas. Donc, bah, il a choisi ça, du coup…
Voilà, voilà ! Une fois le nom trouvé, y a plus qu'à !
Logiquement, quand tu choisis ce nom plein de promesses, bon, tu te dois quand même de faire des trucs qui ont un peu de gueule ! Tu dois taper fort tout de suite. Alors, au départ, ils vont taguer quelques croix gammées sur des cimetières juifs, bon, OK… Mais ça, c'est un peu comme le pédiluve, ça sert à rien, mais t'es un peu obligé d'y passer si tu veux sauter dans le grand bain avec les crânes rasés. Ensuite, Manu et un pote vont passer à la vitesse supérieure : ils n'hésitent pas à poser une bombe dans la cabane de jardin d'un pauvre retraité marocain… qu'en plus ils ratent. Alors, déjà, s'attaquer à un pauvre vieux qu'a rien demandé, c'est pas glorieux, mais tout ça juste pour que la victime finisse sourde de l'oreille gauche, c'est carrément la loose.

Attends, c'est pas fini ! Pipo et Mario sont quand même hyper fiers d'eux et n'hésitent pas à envoyer un courrier au journal local pour revendiquer « l'attentat ».
Et là, Manu retrouve « un peu » d'éclat en abattant un marchand de tapis marocain au hasard dans la rue, avec un flingue de militaires du IIIe Reich, histoire de coller à la ligne éditoriale du mouvement. Bon, évidemment il va se faire gauler mais de toute façon, vu le démarrage, on comptait pas sur lui pour monter le IVe Reich. Du coup, lui et ses petits copains rasés Laurent Peterschmitt et Laurent Boulanger : chopés aussi. Ils vont tous en zonzon faire des pompes et jouer aux échecs, ce qu'ils maîtrisent déjà très bien.
Et là, c'est la prise de conscience. La résilience. La main de Dieu touche Manu qui passe un CAP cuisine. Bon, on se moque pas, y a une volonté de s'en sortir ! C'est quand même mieux de préparer des croque-monsieur que de faire exploser des retraités arabes. Maintenant qu'il est plus du tout raciste, et comme à mon avis y a deux trois mecs qui doutaient encore de ça, bah, il écrit à Obama pour le féliciter d'être Président ! Il avait le choix de féliciter plein de présidents américains, mais il a choisi le Noir ! Si ce n'est pas une preuve qu'il est plus raciste, je sais pas ce qu'il vous faut ! Il aurait même dit récemment en sortant du parloir : « Je vais quand même pas sucer un putain de Nègre pour vous convaincre, merde ! »

C'EST PAS
GRAND-CHOSE,
MAIS C'ÉTAIT POUR
VOUS FÉLICITER...
BOUKO

Parti fasciste d'action révolutionnaire

Bon, bah, contrairement aux abrutis d'avant, là, eux, clairement, ils ont respecté les codes de la com. Leur nom est assez clair, on comprend assez vite le projet. Mais eux non plus, c'est pas brillant. Leur plus gros coup, c'est une bombe au Palais de justice de Paris, dont personne n'a parlé. Et ensuite, comme ils étaient véner, ils ont mis le feu aux bureaux de la mairie de Rosny-sous-Bois (je savais même pas qu'ils avaient des bureaux). Après, ils sont allés agresser des lycéens à Chelles, ce qui marque la fin de la carrière éclair et sans intérêt qui nous avait pourtant promis une révolution fasciste.

Groupe Hermann Göring et Groupe Joachim Peiper

Ces deux groupes n'ont-ils pas l'air bien sympathiques ? Déjà, ils ont le courage d'afficher leur admiration envers des personnes qui ne suscitent pas toujours l'unanimité, ce qui prouve qu'ils assument leurs convictions et qu'ils ont un minimum de culture – ce qui est toujours agréable pour discuter en cas de prise d'otages prolongée. Alors, croyez-moi ou non, mais on pense que ces deux groupes ont peut-être finalement été créés par les mêmes personnes… Pour brouiller les pistes… Malin, non ?

Ligue des combattants français contre l'occupation juive

Bon, on reste un peu sur la même thématique… Le choix du nom de ce groupe est encore plus clair que les deux groupes cités plus haut. Parce que là, même si tu y connais rien en histoire, t'as compris que tu avais peu de chances de les croiser à l'anniversaire de Valérie Bénaïm. En 1979, les combattants vont poser une bombe dans les locaux du journal *Le Monde*, ne faisant aucune victime. Mais comme les Juifs ont peur du bruit, ça a dû suffire à ce qu'ils quittent tous la France parce que la Ligue des combattants français contre l'occupation juive n'est plus jamais passée à l'action par la suite.

ORGANISATION AUTONOME DES NÉONAZIS D'ACTION

Aucune action connue depuis leur création en 1976.

Front de Libération nationale français & 1978

Petit groupe antisémite qui, pour lutter « contre l'invasion juive », attaquait des Club Med… Oui, le fondateur est juif… Bon, je sais pas quoi vous dire de plus…

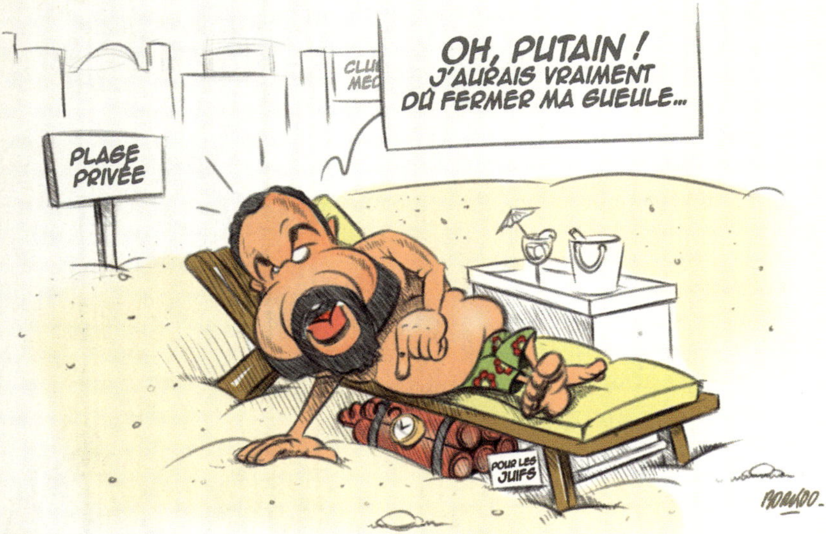

Groupe Charles-Martel

Rien de bien intéressant à raconter sur eux. Mais juste un groupe antiarabe qui appelle son groupe Charles-Martel, ça m'a plié de rire pendant cinq heures.

Front d'action pour la libération des Pays baltes

Pardon ?

INDÉPENDANCE DE LA BRETAGNE

Bon, y a quelques Bretons qui veulent être libres et pouvoir revendiquer leur autonomie sur cinq phares et un groupe de vieilles avec des toques en papier sur la tête, qui dansent le dimanche matin sur la place de l'église. Donc, j'en parle par politesse, mais j'ai pas le courage de développer, c'est trop chiant. D'ailleurs, un policier ayant travaillé sur le groupe Alliance révolutionnaire bretonne (ARB) le dit lui-même : « Nous ne sommes pas en Corse, les militants de l'ARB ne sont pas des mafieux, mais des marginaux sans moyens. Avec eux, pas de portables ni de locations de voitures : ceux qui ont fait Cintegabelle* ont dû y aller en vieille 4 L et dormir dedans ! »

* Ils ont fait péter le centre des impôts de la ville, et même que Lionel Jospin dont c'était la circonscription, bah, il a dit que c'était lâche.

Alliance révolutionnaire bretonne – Front de libération de la Bretagne – Armée révolutionnaire bretonne – Askell Groc'hen (« chauve-souris »)

Bon, juste une précision sur nos amis Batman de Brest : ils ont revendiqué des attentats qui étaient en fait ceux de l'Armée révolutionnaire bretonne, qui elle-même hésitait à les revendiquer tellement ils étaient ratés. Ce principe, c'est un peu comme copier sur moi en classe : c'est risquer son intégrité physique pour quelque chose dont tu ne retireras ni résultat ni gloire.

Bon, voilà, alors, comme tout ça est assez ennuyeux, du coup, je vous ai mis une recette de crêpe bretonne et une photo de phare.

LA CRÊPE BRETONNE

USTENSILES : UN SALADIER, UN FOUET, UNE POÊLE OU UN BILLIG (+ SPATULE ET RÂTEAU À CRÊPES) • **TEMPS DE PRÉPARATION : 30 MINUTES** • **TEMPS DE CUISSON : 10 MINUTES**

INGRÉDIENTS

(POUR 12 CRÊPES)

- *250g de farine de froment,*
- *50g de beurre,*
- *50cl de lait,*
- *10cl d'eau,*
- *4 gros œufs,*
- *2 cuillerées à soupe de sucre en poudre,*
- *1 pincée de sel*

PRÉPARATION

- Dans un saladier, mettez la farine de froment, le sucre et la pincée de sel.
- Versez le lait puis l'eau, lentement, tout en battant avec un fouet.
- Ensuite, ajoutez le beurre préalablement fondu, puis les œufs.
- Laissez la pâte à crêpes reposer pendant 30 à 45 min au frais.
- Utilisez une poêle à crêpes pour cuire vos crêpes bretonnes : graissez-la avec une noisette de beurre puis versez une louche de pâte.
- Faites cuire votre crêpe environ 2 min par face, et retournez-la avec une spatule.

On n'hésite pas à se resservir et à les accompagner d'un bon cidre ! Pour les gourmands, vous pouvez aussi rajouter 5 cuillerées de cacao en poudre dans votre pâte : vous obtiendrez une délicieuse pâte à crêpes au chocolat. Pour la cuisson sur poêle, je vous conseille de faire fondre un peu de beurre dans un bol et de tremper du papier absorbant pour graisser votre poêle : vous économiserez ainsi beaucoup de beurre !

Astuces du chef

Comment éviter les grumeaux !

Voici une astuce antigrumeaux infaillible : mélangez d'abord les ingrédients solides, puis ajoutez les ingrédients liquides, et enfin les œufs.

© Jean-François

LES ANTI-ANTI

FRANCS-TIREURS ET PARTISANS FRANÇAIS (FTPF)

Alors, les Francs-tireurs, ils veulent juste anéantir le FN… Même si on ne résout pas la violence par la violence, ni la haine par la haine, c'est quand même toujours très drôle quand les chasseurs se font chasser… Essayez de ne pas trop kiffer la lecture de ce qui suit, parce que quand même, ça reste pas bien, hein… Mais bon…

• 14 juillet 1991 : cocktails Molotov au siège du Front national (FN) à Marseille.

• 24 octobre 1992 : attentat contre le restaurant *La Truffe noire*, qui allait accueillir un meeting du FNJ.

• 1er mai 1994 : attentat contre la Direction départementale du travail, de l'emploi et de la formation (DDTE) en solidarité avec les ouvriers des entreprises régionales, et revendiqué par « des chômeurs en pétard ».

• 6 juin 1994 : attentat contre le siège du FN à Marseille.

• 16 décembre 1994 : attentat contre le consulat italien le jour de la visite de Silvio Berlusconi, à Aix-en-Provence, en protestation contre la venue au pouvoir de la coalition avec les néofascistes de l'Alliance nationale.

• 3 avril 1995 : attentat contre la villa de Maurice Gros, secrétaire régional du FN, à la suite de la mort d'Ibrahim Ali en février.

• 21 février 1996 : attentat contre un local du FN, d'où étaient partis les meurtriers d'Ibrahim Ali, revendiqué par les FTPF, groupe « Missak Manouchian ».

• 11 mars 1997 : attentat à la grenade contre un local du FN, revendiqué par les FTPF, groupe « Marcel Bonain ».
• 21 février 1998 : attentat contre un local du FN, revendiqué par les FTPF, Unité combattante « Dimitri Cotorovitch ».
• 9 juin 1998 : attentat contre le nouveau local du FN, la veille de l'ouverture du procès des meurtriers d'Ibrahim Ali (des membres du FN), revendiqué par les FTPF, Unité combattante « Jean Robert ».
• 28 octobre 1998 : attentat contre le transformateur électrique du stade de Vitrolles, pour saboter un concert de rock identitaire français organisé par la municipalité FN.

Cellule d'Ordre et Justice nouvelle et des amis de Jacques Mazel

Ce groupe terroriste se forme après la mort accidentelle d'un policier pendant une manif antimilitariste de l'extrême gauche et se fait donc appeler « Jacques Mazel ». Sauf que le policier mort s'appelait Raymond Mazel…

Comme dirait Forrest Gump dans son doublage français raté : « C'est tout ce que j'ai à dire à propos de la Cellule d'ordre et justice nouvelle et des amis de Jacques Mazel. »

U CASTIGU (« LE CHÂTIMENT » EN LANGUE CORSE)

Ha ha ha ha ! Pardon, c'est parce que je connais la suite.

U Castigu est un groupuscule antinationaliste. Il se déclare le 17 mai 1990, et menace les nationalistes d'actions violentes s'ils continuent leurs activités.

Le 26 mai, Jules Gaffory (un supposé membre de U Castigu) est retrouvé mort avec plus de 60 balles dans le corps, et le 7 juin, Jean-Pierre Maisetti (un autre supposé membre) est retrouvé mort à son tour avec 48 balles dans le corps.

Alors, ça a dû démotiver un peu le reste du groupe parce qu'on n'a plus entendu parler d'eux après ça… ou alors ils étaient que deux ?

COMITÉ RÉGIONAL D'ACTION VITICOLE

Oui, oui, ce sont des viticulteurs radicaux… Ils refusent la mondialisation et l'import de vin algérien, italien, espagnol, etc. Alors, on rigole, mais ils ont quand même buté un CRS, posé des bombes, mis le feu à deux trois trucs… La légende dit que Kadhafi aurait même envoyé des émissaires pour leur proposer de l'argent et des entraînements. Bon, je vois pas trop pourquoi Kadhafi aurait envoyé des mecs dans le Languedoc pour négocier avec des viticulteurs, mais comme la dernière action connue du groupe c'était en 2007 pendant une intervention de Sarkozy et que Sarkozy et Kadhafi, ils étaient super potes à l'époque – avant qu'ils se disputent sous prétexte que Sarkozy voulait le buter. Enfin, bref, j'en sais rien.

Sur la photo ci-dessous, c'est eux qui bloquent l'accès à l'Office du tourisme. Bon, là, y a personne qui y va, mais quand ça va arriver, ça va foutre un de ces bordels…

© Raymond Roig/AFP

FRACTION NATIONALISTE ARMÉE RÉVOLUTIONNAIRE

Bon, alors il a appelé ça « armée », mais apparemment Frédéric Rabiller est tout seul dans son armée. Alors, lui, en gros, c'est un mec qui n'aime ni les Arabes ni les radars automatiques. Alors il met des bombes sur les radars automatiques, ça bouge moins que les Arabes.

Dans un courrier daté du 7 mars 2008 adressé à *Paris Match*, la Fraction nationaliste armée révolutionnaire (Fred) revendique la destruction par explosif de huit radars automatiques, et deux tentatives avortées. L'armée révolutionnaire (Fred) demande à l'État, en échange de l'arrêt des destructions, le versement d'un impôt révolutionnaire de 4 millions d'euros, l'arrêt total de l'immigration, l'expulsion de tous les immigrés clandestins, un programme de relance de la natalité en France, une baisse de la répression routière et de la fiscalité… et menace, si ses revendications ne sont pas prises au sérieux, de *« choisir des cibles plus dangereuses pour les personnes et d'utiliser des appareils aux capacités plus vulnérantes »*.

© Marc Chaumeil

Bon, finalement, Fred a dû renoncer à tout ça…

En fait, Fred faisait joujou avec une bombe qui lui a pété dans les mains et dans son appartement. Du coup, il a perdu les trois. Du coup, y a des gens qui ont appelé les flics, parce qu'une maison qui explose c'est inquiétant et ils sont venus le chercher… Non, je ne vous ferai pas de vanne sur les menottes.

LES SMICARDS TOUJOURS EN PÉTARD

Comme leur nom l'indique, c'est des smicards en colère. Alors ils mettent des bombes là où ils estiment qu'il y a des riches. Ils vont faire un attentat contre le Club Med. C'est là qu'on voit que les mecs sont pauvres, sinon ils sauraient que ce sont pas des riches qui vont au Club Med, ce sont des pauvres qui économisent.

Ils vont aussi faire quelques hold-up et attentats, et également faire complètement exploser la maison *Fauchon* à Paris, en 1978, juste avant Noël pour bien faire chier les riches : pas de truffes, de vins de luxe et de caviar cette année ! Bon, sauf que sur le trottoir d'en face, il y a *Hédiard* qui vend les mêmes trucs, mais bon, on peut pas être partout…

Cet attentat a aussi été revendiqué par le groupe autonome Noël noir pour les riches et le Groupement pour le progrès et le renouveau de la Corse… Bon…

Comme vanne, je vais vous laisser la note de mon éditeur : « Il manque peut-être une vanne, non ? »

Le patron de l'enseigne, M. Bory, témoigne : *« J'en ai beaucoup vu dans ma vie. Dans cette affaire, je ne regrette que mes "collections", ces grands crus et armagnacs millésimés pour lesquels j'avais de la tendresse. »*

Un épicier de Belleville témoigne aussi : « Pourquoi faire exploser une épicerie qui vend les mêmes produits que moi ? »

Donc, vous saurez que M. Bory s'en bat les couilles et qu'à Belleville y a une petite épicerie rebeu qui vend les mêmes vins que *Fauchon*…

ALIMENTATION
PROMO
GRAND VIN EN CUBI 2 FRANCS LES 20 LITRES
FOIE GRAS (PÂTÉ)

Comité pour l'ordre moral

Bon là, ça rigole pas ! Le Comité pour l'ordre moral trouve que le monde sombre dans la décadence et que nos enfants doivent connaître un monde meilleur. Pour ça, ils sont prêts à tout. Alors, ils ne vont pas hésiter à commettre un attentat contre une librairie et à attaquer un vidéoclub gay. Ils ont dû estimer que ça suffisait pour que le monde soit purifié parce que, après ça, on n'a plus entendu parler d'eux.

Black War, 1985-1988

Bon, alors, Black War, c'est des mecs qui veulent buter des huissiers parce qu'ils trouvent injuste que des pauvres citoyens français sans histoires voient leurs biens saisis ; du coup, le 17 avril 1988, ils posent une bombe devant la porte du président de la Chambre régionale des huissiers… et blessent grièvement deux pauvres citoyens français sans histoires.

Comité pour la liquidation ou la destruction des ordinateurs (CLODO)

Bon, alors eux, c'est des mecs hyper véner contre les ordinateurs parce qu'ils considèrent que ce sont des instruments de répression et de contrôle. Avec ce qu'on a vu précédemment, on s'attend à quatre hippies de 68 ans qui vont juste déplier des banderoles à la Fête de L'Huma. Mais en fait, les gars rigolent pas du tout !

• 8 avril 1980 : incendie de l'entreprise CII-Honeywell-Bull et Philips à Toulouse (aussi revendiqué par Action directe du 27-28 mars).
• 19 mai 1980 : incendie des archives de l'entreprise International Computers Limited à Toulouse (revendiqué).
• 9 août 1980 : bombe de cinq kilos découverte à Louveciennes (revendiqué).
• 11 septembre 1980 : incendie d'une société d'informatique à Toulouse (revendiqué).
• 2 décembre 1980 : incendie des bureaux de l'Union des assurances de Paris à Paris (revendiqué).
• 28 janvier 1983 : plasticage contre un nouveau centre de traitement informatique de la préfecture de Haute-Garonne (revendiqué).
• 26 octobre 1983 : incendie des bureaux de l'entreprise américaine Sperry Univac (revendiqué).

Création Homa

Création Homa

BONUS

Florilège d'histoires qui m'ont fait marrer, mais que j'arrivais pas à caser dans un chapitre...

Un problème de poids

Le ministère de la Défense britannique a eu une bonne idée : faire payer les repas des militaires en proportion de ce qu'ils mangent. Résultat, les militaires désertent la cantine, devenue trop chère et peu ragoûtante, et vont se faire un kebab-frites-mayo.

Du coup, 32 000 militaires ont échoué à l'épreuve physique, et l'armée anglaise recense dans ses rangs environ 25 000 militaires carrément considérés comme obèses.

Les 40 kilomètres de marche avec un sac à dos plein de matériel doivent vraiment ressembler à un centre thalasso senior minceur au mois de juillet à Aix-les-Bains.

Armée de terre : 16 400 gros.

Marine : 3 000 gros.

Royal Air Force : 5 570 gros.

BORIOO

LE PROJET HAARP : L'ARMÉE AMÉRICAINE CONTRÔLE LES CYCLONES

En Alaska, au milieu des glaces, une base américaine scientifique et militaire abrite une forêt d'antennes pointées en direction du ciel. Officiellement, les États-Unis travailleraient sur l'ionosphère. Depuis de nombreuses années, ce projet suscite l'inquiétude. La communauté politique et scientifique européenne pense que ces recherches ont pour but de maîtriser les éléments, afin de pouvoir se servir des phénomènes météorologiques comme d'une arme de guerre. En 1997, le Parlement européen ouvre une enquête et fait des découvertes alarmantes : ce système serait en mesure d'émettre depuis la base un signal qui « chaufferait » l'ionosphère. Les Américains ont refusé de répondre aux questions de la commission d'enquête… Impossible donc pour le moment de savoir de quoi ils sont capables ou pas !

LE RETOUR DU IIIe REICH

Y a des mecs qui collectionnent les timbres, y a des mecs qui collectionnent des objets de guerre comme un casque, un morceau d'obus… Et puis y a ce papy allemand de 78 ans qui garde dans son jardin un tank de la Seconde Guerre mondiale, une torpille et un canon antiaérien de cinq tonnes.

Et comme il voit vraiment pas le problème, un jour où y a un peu trop de neige, il laisse la DS au garage et il prend le tank pour aller faire ses courses. Son avocat est formel : « Il n'a enfreint aucune loi. » Bon, bah, y a pas de souci, alors…

Hey Martin ? Je peux avoir un pentagone comme Obama, s'il te plaît ?

Quand Nicolas Sarkozy veut jouer à la guerre, il fait pas semblant : il appelle son copain Martin et ils se mettent d'accord sur un super deal !

1) Bouygues Construction construit un nouveau ministère de la Défense tout neuf, et gratuitement pour l'État. Coût de construction : 1,5 milliard d'euros.
2) L'État loue les nouveaux bureaux du nouveau Pentagone français 150 millions d'euros par an pendant vingt-sept ans.
3) Bouygues encaissera plus de 4 milliards d'euros.

Si ça, c'est pas ce qu'on appelle une bonne affaire !

Bon, même si c'est Sarko, il s'est un peu fait niquer comme tout le monde par les devis des ouvriers… Comme quoi, on peut même pas faire confiance à ses potes !

Prises de courant : très peu de prises installées dans l'immeuble. La prise de courant supplémentaire : 5000 euros !

Cloisons : 10000 euros pour ajouter une cloison à 500 euros…

Installer une imprimante : Bouygues offrira ce service pour 14000 euros.

Conclusion : si Monique du service compta veut s'isoler des autres pour travailler tranquille (parce que, quand on voit la gueule du devis, je peux te dire qu'elle a besoin de concentration), il va lui falloir une prise pour son ordinateur, deux cloisons pour fermer son *open space*, une prise pour la machine à café – mais ça, c'est du luxe –, une imprimante pour imprimer les factures, une prise téléphonique pour appeler Sarkozy et lui dire que c'est bon, son RIB est bien enregistré pour les virements. Coût de l'opération des installations supplémentaires : 50 000 euros.

Moralité

Monique est une CONNASSE !

VIGIPIRATE : LES FUSILS DES SOLDATS DÉCHARGÉS ? L'ARMÉE DÉMENT !

Donc, si les trois militaires chargés de protéger le Consistoire israélite en 2015, dans le cadre du plan Vigipirate, ont été blessés au couteau par un individu, et ont dû attendre la police pour le maîtriser, alors qu'ils ont des Famas, ça doit être parce qu'ils voulaient pas déranger la prière avec le bruit.
D'ailleurs, les chargés de communication de l'armée ont bien démenti la fausse rumeur : depuis Vigipirate, les fusils sont approvisionnés !
Oui, mais pas armés ! Les munitions ne sont pas engagées dans le Famas, et les chargeurs sont dans le porte-munition. Le souci, c'est que les mecs qui t'agressent avec un couteau sont généralement pas très fair-play : ils refusent systématiquement d'attendre que les militaires chargent leur fusil… Comme l'ont très bien résumé les militaires interrogés sur ce sujet, « le temps qu'on charge, on est morts… »
Heureusement, nos bidasses restent positifs et ont trouvé une solution pour que leur Famas serve à quelque chose : « On s'en sert même parfois comme cale de chaise… »
Mais le lieutenant-colonel Dominique Jacon, officier adjoint du 13e BCA, nous rassure : « Pour faire face à une agression physique de faible intensité, ils apprennent quelques-unes des techniques d'intervention opérationnelle rapprochée, comme les clés de bras. »
Allez, tous au judo et en route pour Mossoul ! Oubliez pas vos coquilles !

MONSIEUR SVP, C'EST INTERDIT
J'APPELLE LA POLICE

Les meilleurs partent toujours les premiers !

Le 6 décembre 1995, un communiqué de presse du ministre de la Réhabilitation et de l'Intégration sociale du gouvernement rwandais prévient que les autorités vont dégager les ONG !
Oui, parce que 150 ONG, ça fait beaucoup ! Et les gens en ont marre de pas pouvoir faire 100 mètres sans tomber sur une fille d'avocate de 20 ans, en boubou et dreadlocks, qui a pris une « année sabbatique » avant son master de psycho et qui te propose d'adhérer à son ONG.
Le communiqué ne perd pas de temps, car au Rwanda on ne perd pas de temps : la liste a été fournie aux médias directement !
1) Les ONG de la liste A ont été enregistrées et peuvent rester :
– Action internationale contre la faim USA (AICF, et non ACF)
– Action Nord-Sud
– Care
– Concern Worldwide
– Save the Children
– Solidarités, et d'autres.
En tout, 102 ONG.
2) Les ONG de la liste B doivent cesser leur activité au Rwanda. Elles ont sept jours pour clore les comptes, liquider les affaires courantes, licencier le personnel, trouver un billet d'avion et partir. Elles doivent laisser tout leur équipement, en particulier les véhicules. Leurs comptes bancaires sont bloqués et leurs lignes téléphoniques coupées.
– Action contre la faim France : tu dégages…
– Association au service de l'action humanitaire : *terminado !*
– Terre des hommes : *bye bye !*
– Médecins sans frontières France et Suisse : va vacciner d'autres gens !
– SOS Racisme : qu'est-ce que tu fous là, toi ?
Et d'autres…

3) Les ONG de la liste C doivent suspendre leurs activités pour que le ministre décide au cas par cas...

– Aide et Action : on aide en agissant ou on agit en aidant ?

– Croix-Rouge Belgique : la raison est évidente...

– Food for the Hungry, Nourriture pour les affamés – parce que « Food for the Satiated », ça n'a pas de sens.

Et pour que ce soit clair pour tout le monde, ils ont diffusé la liste à la radio et fait défiler la liste à la télé comme un générique.

Le ministre aurait dit (propos reformulés) :

« Cassez-vous, putain ! C'est pas une décharge à ONG ici ! Y a des ONG qui luttent contre le diabète ! Dégagez d'ici ! Y a même SOS Racisme ! C'est quoi, *Friend in the West* ? Des amis de l'Ouest ? C'est quoi, Association française des volontaires du progrès ? Allez, cassez-vous ! Bonne soirée ! »

Les premières armes bactériologiques

Les premières armes bactériologiques datent du Moyen Âge, et elles étaient très efficaces : une catapulte envoyait des excréments humains contaminés. Et quand on manquait de munitions, on envoyait des cadavres pestiférés. Eh bien, croyez-moi ou non, mais ça propageait des maladies et ça cassait le moral des assiégés.

Camouflages ridicules

Et maintenant, un petit pot-pourri des camouflages les plus ridicules et les moins efficaces !

© WPA Pool

Comment tu veux passer inaperçu en violet ?

© AFP

Faut aimer les franges, quoi...

© AFP

Alors, les mecs, le choix de la couleur du camouflage doit être en rapport avec la couleur de la végétation dans laquelle vous combattez...

© DR

C'est quand même con
de passer autant de temps
à pas être vus,
si c'est pour tirer
au bazooka.

© DR

Oui, je valide!

© DR

Alors, pour continuer à se marrer, une petite sélection des blindages et armes de guerre qui ont été rapidement abandonnés...

© DR

Y a un promeneur derrière toi qui te rattrape !

© DR

Discret, léger,
facile à transporter…

Ni vu ni connu !

Les guerres les plus nulles de l'histoire des guerres

Sommeil de plomb

Le général mexicain Santa Anna se bat contre les Américains pour garder le Texas. À San Jacinto, le 20 avril 1836, il décide d'opérer une halte pour faire la sieste. Pendant que tous les soldats dorment, 900 Texans sous les ordres de Sam Houston débarquent, tuent 600 Mexicains, font prisonniers les autres. Santa Anna fuit le Texas et reconnaît son indépendance. Sam Houston devient président de l'État !

Espagne – Danemark : 172 ans de guerre, zéro victime !

Entre une ville d'Espagne, Huéscar, et le Danemark, une guerre est déclarée : elle va durer de 1809 à 1981. La paix est signée le 11 novembre 1981. Le maire de Huéscar explique : « *La guerre avait été déclarée en 1809 par le maire de Huéscar, après que le Danemark se fut allié à la France de Napoléon. Le traité de paix sera signé pour le Danemark par son ambassadeur à Madrid, M. Mogens-Wandel-Petersen, et pour la ville de Huéscar par son délégué à la culture, M. Vicente Barberan.* »

Bilan : zéro victime, zéro coup de feu, zéro bataille. La guerre la moins sanglante de l'histoire de l'humanité !

INDEX PURISTES

1 – Y a pas de 1.

2 – Y a pas de 2.

3 – Je t'emmerde !

REMERCIEMENTS

Jean-Antoine Duprat pour son érudition, **Inès Lavieuville** pour son ~~érudition~~ soutien sans faille, **Olivia Moulin** qui devrait être correctrice, **Charles de Gaulle**, mon grand collègue, **Julie Caught** et **Charlotte Chenoz** qui font déplacer tout le monde jusqu'à Marseille, **Jean-Rémy Martin**, docteur, double master 2, chercheur, mais vraiment ridicule avec son shadow, **Denis** et **Margaux** qui se sont retrouvés embarqués en pleine tempête, **Sylvain Binet**, un génie du graphisme, et **Sylvain Binet** pour nous avoir présenté Patrick, Dieu que je n'oublie jamais de remercier pour ses bienfaits, **Murielle** et **Fabrice** (c'est mes parents, mais on n'est pas assez intimes pour que j'écrive « papa et maman »), **Lolo** (c'est Laurent Ruquier, mais on est assez intimes pour que je l'appelle Lolo), toute mon équipe de tournée, **Bruno**, le magnat de l'immobilier, **Aurel Bittoven**, **Jérôme** pour son coquillage et ses photos de scène dignes des plus grands et non rémunérées, **Rémy** pour son thé illégal et ses photos de scène dignes des plus grands et non rémunérées (arrêtez de squatter ma scène, les gars !), **Woycel**, surnommé Marco, prêt à mourir pour moi – j'espère que ça arrivera un jour. Merci à **Daisy** qui a le courage de faire du bon travail et d'être de bonne humeur malgré ce prénom ridicule, à **Sylvie** et **Laurent**, et à tous ceux que j'ai oubliés (volontairement parfois).

Merci à **Andy** pour m'avoir retrouvé.

Un grand merci à **Poutine, Sarkozy, Valls, Kadhafi, BHL, Hitler, Staline, Daladier, Frédéric Rabiller, Mao**, et tous les gens qui ont eu la gentillesse d'avoir la bêtise suffisante pour me permettre de faire 250 pages de conneries, **merci à vous** qui lisez, suivez, likez, cliquez, envoyez des mails, insultez, provoquez, critiquez, pleurnichez, souriez, piratez mes DVD et riez dans mes salles depuis tellement longtemps… vous êtes priés de continuer comme ça !

Jérémy

Pour Solan

Dépôt légal : septembre 2020

N° d'impréssion : 01

ISBN : 979-10-224-0453-2

POC 302